현대시세계 시인선 058

그리고 어떤 묘비는 나비의 죽음만을 기록한다

신현락
시집

신현락
시집

book*in*

2015

自序

멀리 왔다고 생각했으나 돌아보니 겨우 문 밖이다.
삶의 고뇌와 환희가 지척인 거리에서
나는 여기를 한 순간도 떠난 적이 없는 과거였다.
지금 나에게 남아 있는 건 불구의 황홀함뿐이니
무엇이든 원경으로 사라져가는
이 착시의 시계視界로
나는 한동안 돌아오지 않을 작정이다.

2015년 봄
신현락

|차|례|

1부

시간은 우리를
다시 시간이 되게 한다

이인삼각

그리고 보행자 신호등이 꽃잎처럼 점멸하고 꿈에서
는 또 어디를 건넜는지 발목 하나가 보이지 않겠지 헤
드라이트 불빛에 들키고 있는 꽃뱀의 발목이 이명처
럼 떨어지고 봄밤의 꽃잎이라면 나는 세 개의 발목을
달아도 괜찮을 텐데 춤을 출 텐데 공중에 엎어져 아침
의 신전으로 착신되는 가벼운 생이란 정말 근사할 거
야 길바닥의 생리가 원래 그런 거니 아무도 누구의 발
목이냐고 묻지 않겠지 하긴 발목과 이승잠은 길의 근
친이니까 그냥 꽃잎처럼 포개어져 점멸하는 별을 건
너가는 게 몽유의 보법이긴 해 그러나 내 발목을 가져
간 너는 누구의 발목이니 묻지 않을 수 없어 정답이
필요 없는 물음이 최초의 반환점이 된다는 게 신기하
겠지 이미 너는 내 발목을 넘어갔지만 어디선가 목발
짚은 미지의 발목에게선 증발되는 꽃잎 냄새가 나는
듯해 네 발목은 둘 넷 여섯 내 발목은 자꾸 줄어들어
단 하나라도 괜찮아 아무래도 커피를 마시며 창 밖을
보아야겠어, 이것은 혼자 하는

노을사리

나는 저무는 꽃나무 아래 서 있다
누군가는 발화지점을 놓쳤으나
하늘의 가장자리는 스스로 붉어온다
지금은 다비의 시간, 어느 생이거나
한 번은 점화되는 중심이 있는 거다
겉으로 서늘하게 풀어헤치는 잿빛이어도
안으로 뜨겁게 익어가는 달뜬 체온
한두 잎쯤은 여며두는 거다
바람의 입맞춤으로 스치기만 해도
바르르 떠는 이파리들이 불꽃을 입에 물고
팝콘처럼 튀어오른다
살점이 떨어져 나가도록 소리를 지른다
가지들은 어두운 곳을 향해 손을 뻗는다
지구 반대편에서 누군가 풍등을 띄운다
영원으로 사라지는 이름들,
어둠의 자궁을 향해 헤엄쳐 가는
뿌리 뽑힌 시간들이 만나는 순간,
꽃나무는 자폭한다, 그때 시간의 몸 밖으로 흘러간
꽃구름의 내장이 별을 낳는 거다
당신이 저물도록 누구를 기다리는 천상의 지도 위에
돋을새김으로 떠오르는 노을사리

점등의 시간을 놓친 사람은
한동안 서먹한 표정으로 서 있을 것이다

나는 뭉클뭉클 하혈하는 당신 곁을 지나고 있다

나비葬

꿈 속에 장자가 나비 차림으로 다녀간 이후로
꽃잎의 장르에 따라 장묘를 나누고
나비를 선택하는 구분이 흐릿해졌다

두이노 성의 해변을 산책하던
가장 크고 신비한 장미나비는
이미 몇 세대를 진화해온 천사의 눈꺼풀 위에
시작부터 사라져가는* 고독한 생을 박제하여 유목
의 방으로 들어간다

금빛과 은빛이 하늘의 천을 짜는**
이니스프리 호숫가에서
장미의 천사가 연주하는 꿀벌의 음악이 켜지는 오
두막집에는
가장 크고 차가운 호수나비가 졸면서 지나가는 마
부를 보고 있다

바람보다 먼저 깨어나서도 또 깨어나는***
풀잎의 눈썹 아래에는
자기의 내부를 이 세상의 바깥으로 바라보는
가장 크고 골똘한 눈동자나비가 아버지의 영정 너

머에서
  장미의 영결식을 기다리고 있다

  나무껍질이나 낙엽 밑에서 잠들어 있을 나비의 겨
울을 생각하다가
  문득 이 지상에서 사라진 그들의 월동처가 궁금해
졌다
  그 커다란 부재의 눈동자를 가득 덮은
  장자의 나비

  유목나비의 이장移葬, 벌나비의 매장埋葬, 풀나비가
가장 좋아하는 풍장風葬,
  어느 장례든지 나비가 나는 걸 금지하지 않는다
  그리고
  어떤 묘비는 나비의 죽음만을 기록한다

  나는 장자가 된 나비의 비문은 알아보지 못했으나
  무덤 속에서도 장미의 매듭을 풀지 않는 나비를 화
장花葬한 적은 있다

*   릴케, 「두이노의 비가 9편」
** 예이츠, 「하늘의 천」
*** 김수영, 「풀」, 「하, 그림자가 없다」

내일의 묵시록默示錄

내일 나는 죽을지도 몰라요
지구 저편에서 날아온 트위터의 메시지에서
내일을 빼고 읽는다

바퀴벌레가 읽고 간 흩어진 밥알들 사이에서
무언가를 찾고 있을 때
반지하의 창문에 누군가 오줌을 갈기고 간다
술 취한 개와 사람의 차이를
지상과 지하 사이를,
아시다시피 월세는 달빛을 빌려온 향일성이지만
그것은 내일이 없다는 말과 같다

오늘밤은 있고 내일은 없고
지금 잠들면 죽을지도 모르고

내일은 해가 뜨고 내일은 내내 내 일이 없고
무엇인가 간절할 땐
손금이 희미해질 때까지 비비다가
습한 방바닥의 풍화를 지구 저편으로
밀고 가는 눈썹 같은 달의 부호 하나를 떠올린다

오래된 달 앞에서 아무도 자기의 거처를 감출 수 없다
그 단순한 부호조차 해독하는 사람이 없다
19인치 티브이 화면에선
강을 건너가는 누 떼처럼
난민들이 국경을 넘어가고 넘어지고
그 넓은 영토에서조차 아무도 자신의 주검을 숨기
지 못한다

달을 돈으로 환산하는 건 인간이지만
인간을 시간으로 옮겨가는 건 달이다

내일, 나, 없을지도 몰라요
나는 아무런 응답을 하지 못한다
그 단순한 메시지는 지구를 한 바퀴 돌아서
그가 없는 내일 그곳에 도착할 것이다

어떤 문장은 일생一生과 일생日生의 차이를 적시하
지만
어떤 생은 단지 부재하는 내일을 묵시한다

달이 내일 속으로 침몰하는 소리를 듣는다

옛날 아주 먼 옛날

옛날이 아주 먼 옛날을 회상하면
이야기가 되거나 울음이 된다

네가 울어
구름의 눈썹 한 장이 넘어가고
죄 많은 이마를 덮은 사내가 죽어가고
먼 길에서 한 그루씩 아이가 쓰러진다

그 원경에서
너무 이르거나 늦은 시간의 차이는 사소한 것이다
어떤 울음은 응답이 되기도 하였다
그리고 지금 너의 침묵은 울음보다 깊다
침묵이 불러올 마지막 언어가 두려운
나는 중얼거리기로 한다

옛날 아주 먼 옛날의 네가 울어
이야기가 울음을 삼켜버리면

구름이 여자의 목소리로 내려와
죽은 사내의 귓구멍에 비를 흘려보내어
강물의 아이를 낳고 아이의 먼 미래가

부러진 나무를 밟고 수런거리는 대지 위에 우뚝 선다

그 시간에서
두려움은 우연의 차이를 지나간다

모든 울음의 응답이 되지 않는다고 하여
침묵이 마지막 언어가 되는 것은 아니다
아무리 사소한 이야기라고 해도 끝이 있지만
죄 많은 내 편력의 첫 장이 열리고 닫히는 곳에서
중얼거림은 지속되고
원치 않아도 아이는 금세 늙어가고
구름의 이마가 벗겨진다
그것은 다른 먼 옛날의 영역에 속한다

내가 죽은 이야기는 있어도 이야기가 죽는 마지막
울음은 없다
그렇게 옛날 뒤에 도래하는 먼 옛날을 읽으며
지금 책상 뒤에서 누군가 울먹거리는 것이다

두서頭緒 없다

눈 그친 아침의 운동장
구석에는 몸통만 서 있는 눈사람
제 몸에서 떨어져 나간 머리를 그리워하는지
허공을 쓰다듬던 두 팔은 아직도
발자국의 그늘에 제 그림자를 걸치고 있다

순결한 것들은 형상을 오래 기억하기 위해
제 몸 어딘가를 누군가에게 빌려 준다
지금 내가 저 눈밭의 갈피를 지나간 밤의 문장으로
읽는다면
누군가의 생이 구름 속으로 등기이전된 거다

눈구름을 보며 첫 발자국을 예감하는 사람의 눈동
자는 번역되는 게 아니다
잃어버린 시간을 찾아서 떠나는 사람의 발자국을
덮으며
다시 눈이 내릴 때 기침을 하거나 촛불을 켜고
눈은 밤의 발자국을 기억하고 있다고 쓸 수는 있지만
이런 경우 그의 머리가 멈추는 곳을 안다는 문장은
거짓이다
눈이 내리기 이전의 발자국이 침묵의 배후인 것처럼

그곳은 기억이 사라지는 곳이기 때문이다

두서가 그렇다는 거다
그러니 지금 걸어가는 사람아
저 눈밭일망정 자유가 아니면 가지 마라
어찌 함부로 발자국을 남기랴
난수표처럼 흩어진 그대의 발자국조차
머리를 잃어버린 채
골똘한 표정으로 읽고 있는 사람이 있다
발자국은 밟을수록 더욱 단단해지는 것이어서
햇빛 또한 점자처럼 자신의 그늘을 새겨 넣고 있다

겨울 아침 창가에서
우물처럼 깊어지는 발자국들을 본다
지금 눈사람은 자기 머리가 굴러 떨어지던 필적을
생각하고 있는 중이다

촛불은 꽃잎의 기억을 풀무질한다

아버지 기일을 잊었다
이 부끄러움을 무엇으로 고백해야 하나

고해성사를 하듯이 촛불을 켠다
죽어서도
자신의 전 존재를 오직 시간의 척도로 사용하는 유
일한 물질은
인간만이 아니다

촛불은 죽음의 기억을 풀무질하여 불꽃을 피운다
촛불이 아니라면 그런 기억은
시간을 구부려 달력의 동그라미가 되거나
꽃을 터트리고 있는 나무가 된다

어떤 경우에도
해마다 잊지 않고 꽃이 핀다는 사실은 달라지지 않
는다
그런데 나는 왜 잊었을까

불의 입 안으로 꽃 한 송이가 넘어가는 시간을
오래 들여다보다

깜빡 잠이 들었다

후생의 어두운 문지방에서
재가 된 고백의 심지는 연기처럼 사라져간다
나는 자꾸만 부끄러워졌다
자기 몸을 시간으로 바꾸는 건 촛불만이 아닌가 보다

촛불은 꽃잎의 기억으로 떠도는 제등을 마다하지 않고
떨어지는 꽃잎 또한 불꽃을 집착하지 않는다
이제 무엇이 있어야 하나, 시간과 나 사이에
인간의 체온보다 조금 더 깊은 눈물을 가진

달이 뜨는 무릎이면

앞이 어두우니 달을 보고 뒤로 걸어라.
의사의 처방은 통증에 관한 것이 아니었으나
퇴행성 관절에 관한한 세상에 엉터리는 없었다.
달 뜨는 저녁이면 뼈가 물렁해지도록 걸었다.

내 뼈에서 증발하는 핏물의 냄새를 맡고 늑대가 다
가온다.
붉은 해의 돌기가 돋아나는 늑대의 혓바닥은
내 무릎을 핥으며 속삭인다.
피고름이 달콤하다는 짐승의 언어를
달이 내 무릎에 내린 진단이라고 알아듣는다.

나는 이 세상에서 여러 해를 살았지만
아직 햇빛의 진찰을 받지 못 했다.
해의 사람들이 밤에도 무럭무럭 자란다는 게 신기했다.
나는 이 거리를 여러 달째 걷고 있지만
아이와 여자 말고 나를 알아본 사람은 없었다.

밤에만 휘감겨 오는 달의 안개에 목젖을 적시며
아이들은 박쥐처럼 거리를 떼 지어 날아다닌다.
달빛처럼 엷어지는 심장소리는 누구의 것도 아니

었다.

　너무 멀리 걸어왔다는 생각이 문득, 나는 여기에서

　달거리하는 여자와 나누는 피의 정사를 무릎이 지

닌 흰 달의 향기로 읽지만

　나를 엉터리로 보는 해의 사람들 역시 아프다는 것을

안다.

　원래 해와 달이 만나는 지점은 통증클리닉의 영역

이 아니다.

　달이 뜨는 무릎을 두드리며 의사는 새로운 처방을

내릴 것이다.

　흰 달의 무릎은 오래 되었으니 검은 해의 무릎잠이

특효약이다.

　시간을 가지고 장난을 치는 것이었으나 아무래도 괜

찮았다.

　내 외출 또한 오래 되었으니 밤에 멀리 나갔던 슬하

의 언어들을 불러 모아야겠다.

　내 무릎은 희고 검은 해안처럼 휘어지고,

　늑대의 혓바닥에 두고 온 붉은 침에 젖은 시간은 해

가 되고 여자가 되는 아이들로 붐비기 시작한다.

구름도서관

강 건너 나무들은 거꾸로 서서
구름 한 조각을 서표처럼 물고 있다.

사서는 나뭇잎을 건네주고 물에 띄워보라고 한다.
구름의 책을 펼치기 전에
먼저 강변의 고요한 무릎을 만나라는 것이다.

가만 들어보면 푸른 하늘에서
빙어 떼 몰려가는 강물소리가 난다.
엽서처럼 가벼운 영혼이 되지 않으면
구름의 서가에 들어갈 수 없는 곳,

물새들의 발자국이 가리키는 곳,
사려 깊은 사서는 내게 나뭇잎배를 권해왔지만
나는 이미 도서관 문턱에서 길을 잃었던 것,

모든 구름의 책들이 불타오르는 황혼녘
나무들은 재가 된 책갈피를 강물 위에 풀어 놓고
빙어 떼가 입질하는 수면에서 제 그림자를 거둔다.
사서는 내 손에 나뭇잎을 남겨둔 채 문을 닫는다.

여기는 구름이 몇 번이나 지나간 강변,
지금 몰려가는 새 떼 역시 그곳으로 간다.
이 강변에서 가는 방법을 모르는 건 나뿐이어서
나는 나뭇잎배를 슬며시 띄워 놓고 돌아선다.

등 뒤에선 구름의 책장을 넘기는
강물 소리가 범람하고 있다.

모래시계는 모래에 매달린다

이제
시간이 되었다
조금씩 가벼워지는 물상들
오후 두 시와 다섯 시, 그리고 책상
위의 잡동사니를 주섬주섬 모아서 귓바퀴에
걸고 그를 만나러 간다 하루는 더 투명해지고
사람들은 모두 모래처럼 흘러내려 땅에 닿아 있다
모래의 맥박은 지구의 심장을 향해 쌓여간다
그를 약속 시간에 만나기는 불가능하다
잘록해진 시간의 허리 사이로
모래는 끝없이 떨어지고
허공에는 반짝이는
먼지
별
*
·
*

별
모래
하루에도 몇 번씩
되돌려보는 모든 존재는
그 시간을 가지고 있으나 그 시간을
만나는 사람은 없다 모래시계는 모래에
매달리지만 거기에 모래의 시간은 없다 은하계를
광속으로 뚫고 오는 저 별빛도 여기에 와서는 흐릿해진다
아무도 그 시간을 볼 수 없다 나 또한 그를 보지 못한다
모래는 모래로 돌아가고 시간은 우리를 다시 시간이
되게 한다 다만 그 시간을 만나기 위해
그가 필요했을 뿐 그와 나 사이에
존재하는 먼 중력의 자장을 향해
내 귀는 휘어진다 모래가
처음 떨어진 바닥에
닿는다 시간이
다 되었다
지금

후생은 상재되지 않는다

전생이 궁금해지는 날에는 버리지 못한 책들을 뒤
적거린다 스테디셀러는 관심이 없어서 주역을 건너뛰
다가 사자의 서가 눈에 밟힌다 생사의 문턱에 걸려 넘
어진 이후, 니르바나의 신탁을 찾다가 생긴 전생과 이
생 사이에 옷을 벗는 여자의 책으로 검은 연기처럼 스
며들어 가는 습관성 중독은 니코틴보다 독하다

중세의 서가를 기웃거린다 몇 백 년의 풍상에도 바
위를 뚫을 듯한 눈빛이 형형한 노인에게 점자문을 빌
려 천문을 헤아려본다 외계의 가계도가 별자리처럼
펼쳐지지만 미안하게도 나는 점성가의 후예는 아니다
허무는 필연을 장식하지만 해탈을 부르는 복채는 주
지 않는다

퇴계의 편지첩에 눈길을 두다가 그 옆에 나란히 꽂
혀 있는 니체를 곁눈으로 스쳐간다 스쳐가는 것만으
로도 아픈 근대의 입구에서 추방당한 횔덜린을 오래
생각하던 하이데거는 주역을 읽었음에 틀림없다 거기
에 존재는 있으나 역사는 없다 책을 상재한 주인은 나
와 저 책을 두고 중간계로 떠났다

한 번도 나는 저 책의 주인이었던 적이 없었으므로 추방을 자청한다 여자는 나와 아버지 사이에서 옷을 벗는다 죽음은 있으나 환생이 없다는 점에서 닮은 이 생의 아버지와 내가 시간의 옷고름을 푸는 여자를 한 장씩 넘기는 것은 허무가 해탈을 부르지 않은 근거이기도 하다 시간은 넘어오는 게 아니므로 오픈북에 대한 화대는 손과 입으로 대신한다

여자는 내 손을 이끌어 입안을 보여준다 혓바닥이 없다 신탁의 내피를 벗기려면 아버지 혀를 넣어줘야 한다 역사는 속옷을 겹겹이 두른 여자의 양피지를 벗겨 포르노도서관을 만들었으나 무녀의 자궁에서 다시 시작되는 나의 전생을 기록해주지 않는다 윤회의 관점에서 본다면 오래된 책은 영면을 도굴당한 미라와 같다는 생각, 이상하게도 나는 후생이 궁금하지 않았다

풍설의 스토리텔링

— 최북, 風雪夜歸人, 18세기, 종이에 연한 색, 66.9×42.9cm

내가 여기에서 듣는 건
펄럭이는 한 폭의 풍설야설風雪夜設이다

풍설의 몰골이야 잡목에 비유할 수 있어도
풍찬 한기에 묻은 옛 사람의 목소리는
그림밖에 돌아갈 곳이 없는
당신의 생에 대한 낙관落款이다

잡풀로 엮은 붓으로 풀칠할지언정
파버린 눈알 한 쪽은 분명 반골의 명목이다
사람들은 그 골품에 찬탄하고
그림으로 돌아오는 사람의 풍설風說이 궁금하여
늦도록 잠 못 이루고 바람소리에 귀를 기울인다

그런데 누옥陋屋의 바람벽에 그림 한 장 달랑 걸어
놓고
당신은 어디로 가는 걸까

듣고 싶어 하는 이야기만 듣는
당신의 외눈으로 가늠할 수 없는 인간사의 원근은
차라리 무채색의 눈길 하나면 족해라

광풍이 아니라면 오히려 한 채의 죽음마저 검불 같
은 것
　한백寒白의 생조차 덮을 수 없는 예감 따위는
　북명北溟의 바람에게 던져버리고
　눈을 밟고 온 세간의 이야기나 하자는 것이리라

　먼 훗날 당신의 풍골風骨에 비견되는 고흐의 이야기를
　풍문으로 흘려줄까
　당신이 모르는 그림 속의 나그네를 따라가는
　후생의 맹목을 들려줄까

　골 깊은 조선의 산수화제山水畵題를 겹겹이 펼쳐보
고 다시 접는다
　며칠째 내리던 눈이 그치고
　당신의 발자국은 점점 어두워진다

　그림 밖에선 당신의 한 쪽 눈알의 소재가
　못내 궁금한 풍설의 겨울밤이 지나고 있었다

아주 오래 전 관음觀音이 남자였으나

여자의 음감은 몸으로 여는 계절을 기다려 남자에 겐 불가능한 육감肉感에 도달한다

남자의 음감은 봄비에서 생혈을 얻는 풀잎을 어루만지며 한여름 빗방울의 난타로 격정을 달래는 양철지붕을 도둑고양이의 발걸음으로 지나는 동안에도 몇 번은 몸을 뒤집는다 다른 여자의 음감을 훔쳐보는 곁눈질이라도 광속에 버금가는 신기를 발휘한다 마음은 천천히 가자는데 천 개의 손가락은 어느 새 풀잎의 옷고름을 푸는 생음을 연주한다

허지만 남자의 음감은 대부분 여기에서 성장이 정지된다

몸으로 여닫는 열정 소나타의 세음世音은 여자의 영역이다 늦여름이나 가을 호수의 벤치에서 들어야 제격인 사랑과 이별의 음파는 전 생애에 걸쳐 퍼져가기 때문이다 여자의 청각은 오직 한 사람을 부르는 청음淸音의 여운에 민감하다 물론 지음을 알아보기에는 아무래도 닭벼슬처럼 붉은 소음순이 김장 속으로 곰삭아가는 가을이 맞춤한 때이다

철모르는 남자의 음감이 몇 세기 전 염장해둔 관세음을 꺼내어 부르고 입술이 부르트도록 부른다 해도

이때쯤이면 뼛속 깊이 여며둔 풍찬 남자의 목젖이라도 여자의 음감은 투명하게 통과할 수 있다는 사실을 남자만 모른다 사실을 원하면서도 반추상에 끌리는 여자의 몸은 음색을 풍부하게 하지만 가끔 슬픈 살 밖으로 부는 간절기의 바람에 발목이 잡히기도 하는 것은 아직 득음에 이르지 못한 증거이기도 하다 자칫 마음의 병이 깊어져 울화의 간섭을 받아 난청이 심해질 수 있는 시절이므로 하심을 향한 간결한 발걸음을 잊지 않는다

남자는 관음을 바라보고 여자는 관음을 듣는다

겨울어귀에서 여자의 음감은 격자무늬 문살에 퍼지는 햇살 한 장의 미음微音을 떠서 가을 꽃잎 몇 장 가슴 속 은은하게 품는다 문풍지에 이는 한 점 바람으로도 횡경막이 우련한 사랑은 절세의 음감만이 알아보는 뼈저린 외로움이다 관음증에 중독된 세상의 남자들이 제일 무서워하는 이 경지에 이르러야 비로소 관

음의 입구에 도달한 것이다

  세한을 지나면서 여자의 음감은 심금에 올려놓은
봄 잎 한 장을 보는 궁음窮陰을 직관한다 여기서부터
여자의 음감은 육감을 넘어서는 것이어서 다음 계절
의 묵음으로 가는 답사는 잠시 유보된다 이미 성감을
잃은 남자 대신 자기 몸에 꽃그늘 지는 묘음을 기다리
며 날것들의 생음과 벗한다

  아쉽게도 아주 오래 전 관음이 남자였으나

신간

근 열흘 이상 지속된 한파주의보로 작년에
내린 눈 위에 다시 눈이 쌓여 시루떡 모양이다
미처 읽지 못한 신간 서적이 쌓여 있는 내 책상과
같다
첫 눈 올 때 설레발치던 발자국들이 맨 아래층에서
몇 번의 강설을 받치며 조금씩 허물어지고 있다

첫 눈과 다음 눈, 그 다음 문장, 다음 책들과 책,
이름을 붙일 수 없는 눈과 첫 눈 사이, 눈꺼풀을 덮
듯이
그 사이를 흰 빛의 음영이 부드럽게 밑줄을 그었다
더러 쌓인 책들이 기울어졌다

그 안 보이는 각도 위에 제 몸을 공중의 부력으로 바
꾸기 전에
마지막 힘을 주었을 새의 발자국이 끊어져 있다
어디에서 왔는지 처음을 모르지만 수평으로 걸어
와서
이곳에서 수직으로 날아갔다

누군가는 첫 눈의 마침표치고는 너무 선명하므로

인정하지 않는다고 했으나

저렇게 쉽게 날아가는 것들은 원문의 주석이라고
나는 해석한다

그러나 공중으로 날아오지 않는 네 엽서를 내 영혼
의 원문으로 삼은 적도 있었으니

보이는 것과 보이지 않는 것의 차이에 연연해하지
않는다

방향 없이 흩어지는 새의 지도처럼 가끔은 주석이
더 풍요롭다

아무도 들여다보지 않는다고 애석해하지 말자

점점 희미해지는 원문의 입장에서 보면 지금 다시
눈이 내리는 건

첫 눈의 탁본이지만 흰 빛의 음영은 더욱 부드러운
곡선이다

원문의 마지막이 처음으로 귀의하는 그곳,

채 마르지 않은 잉크의 향기, 사르락 넘어가는 종이
의 두근거리는 질감,

그밖에 만질 수 없는 시간의 감각과 측정할 수 없는
정신의

압력과 열기를 견디어 낸 미지의 내부로부터 폭발한,
내 책상에서 신간의 꽃이 펼쳐지기 위해서는 눈이
조금 더 내려야 한다

화이트아웃

종잇날에 손을 벤 적이 있다
살색에 가까운 반창고를 붙이고
약속 문자를 보내려 하자
자음이 겹치거나 모음이 자꾸 빠졌다

설경을 오래 바라보면 눈을 다친다
흰 붕대를 두르고
한 치 앞도 안 보이는 빈들에서
환한 근시로 찾아온 사람을 더듬거린 적이 있다

손끝에서 한 쪽 무릎이 벗겨지고
절뚝거리던 발목이 녹아내리고 있었다
백지의 시력 앞에서는
어떤 말의 상처도 감출 수 없다

한 사람을 오래 바라보면 눈이 먼다
심연의 기억은 매혹적인 위험에 노출되어 있다
설원이 허물어지고
만지면 사라지는 눈꽃 같은
계절은 그 세계의 내부를 지나고 있다

이것은 불구의 시각을 끌고
약속 미정인 장소에서 만난 황홀한 옛 이야기다

2부

아무도 확인하지 않는
이 아름답고 끔찍한 일상 같은

부상浮上하지 않는 슬픔

2014년 4월 16일
티브이는 세월호의 침몰 장면만 보여주고 있었다

그들의 마지막 호흡이 바닷물로 가득 찰 때
나는 체육 수업을 하고 있었다
아이들에게 말을 듣지 않으면 국물도 없다고 으름
장을 놓고 있었다
오후엔 캠핑장으로 사전답사를 다녀오기도 하였다

저녁밥을 먹으면서 나는 내 자신이 끔찍해졌다

그날 이후
어떤 이들의 시간은 그날, 이전에 멈춰 있고
이곳에는 일어나지 않아야 할 많은 일들이 일어났다

천지현황天地玄黃 이후에

하늘 위에 또 하늘이
땅 밑에는 또 땅이 있다고 상상할 적에
당연히 하늘은 푸르고 땅은 붉었다
다른 색깔은 생각하지도 못했다

천지현황을 배운 이후에
색깔을 고치는 대신 나는 나를 고쳤으나
오히려 하늘이 노래지고 땅은 점차 검붉어졌다

그렇게 어린 세상을 몇 번 건너왔다
그런데 사십 년 만에 만난 죽마고우의
검버섯이 돋아 있는 얼굴을 보게 되었다

들으니 내가 지나온 세상에서
늙기 전에 이미 죽어간 아이들도 있었다
땅 아래의 아이들은 죽어도 늙지 않는다고 했다
그리고
지금 세상에는 늙어가는 사람만이 있다

어릴 적에는 원색의 천지에서 놀았는데
하늘 아래 땅 아래 오 척 단구의 몸을 부려놓을

붉은 무덤 한 평조차 상상하기 어려운 세상이 되었다

왜 하늘은 검고 땅은 노란 색이더냐
생각하느니
죽어가는 그 사람을 앞에 두고
하늘 위에 하늘, 그 위에 검은 하늘이 있다고
다시 상상하기 시작한 늙은 세상은
앞으로도 얼마나 더 싹수가 노래야 하는 것이냐

쌀의 오독

평생, 쌀을 팔러 다니는 것은
쌀을 주식으로 하는 종족의 운명이다

간식이 주식보다 귀하던 시절엔 주머니에 한 움큼
쌀알을 넣고 다녔다 깨물면
오독오독誤讀誤讀 소리가 났다
어린 어금니 깨지는 소리가 났다

쌀을 판 날은 밤 새워 책을 읽었다
가난한 세상을 읽어내는 일생이
오독뿐이라고 해도 포기할 수는 없었다

때로는 쌀을 사러 다니기도 하였다
쌀을 살이라고 발음하는 여자를 만난 이후였다
쌀과 살 사이에서 그 여자의 덜 여문 살을 주무르자
내 손등에는 쌀알 같은 소름이 흘러내렸다
바닥에 흩어진 쌀알은 이별의 점괘를 가리켰다

쌀을 사는 것은 살을 파는 것이다
쌀을 파는 것은 삶을 사는 것이다

죽어서도 쌀을 입에 물고 쌀을 팔러 다니는 것은
쌀 한 톨이 생사의 안팎을 관장하는 종족의 운명이다
한 됫박의 쌀로 사랑을 구하고
아침과 저녁을 먹는 동안이 내 평생이었다

사재기

한밤중에 담배를 사러 갔다가 그냥 나왔다
담뱃값 인상을 앞두고 뉴스에서는
사재기는 없다고 했으나
아무도 그 말을 믿는 사람은 없다
막담배 한 개비를 피워 문다
거리는 담배를 물고 있는 내 표정만큼 어두워진다
그래도 여전히 사람들이 지나다니고
좌측 지시등을 켜고 우측으로 꺾으며
차창 밖으로 담배꽁초를 던지는 자동차도 있다
거리를 사재기하는 것과
담배를 사재기하는 것은 이야기가 다르다
내 입안의 온도는 조금 내려가고
안압眼壓은 올라간다, 나에게 담배를 피우는 시간은
대부분 슬픔을 사재기한 것에 지나지 않았다
간접흡연을 강요당한 사람들에겐 안 된 일이지만
지극히 사적인 일이었다
그들에게 슬픔을 전염시킬 의도는 없었다
 머지않아 이 거리도 금연을 강요할 것이지만 사람
들아,
 미안하다, 아직 사재기할 슬픔이 조금 더 남아 있다
 하늘에도 사재기가 있을까

새들도 담배를 피울까, 문득

비행금지구역으로 담배를 물고 날아가는 새들을 생

각했다

발인發靷

발인은 8시라 하였다
그의 마지막 육신을 끌고 가는 시각
시계 속에서 뻐꾸기가 울기도 하고
빗방울이 창을 때리고
버스에 젖은 몸을 부리기도 했을
한때는 모든 것이었던 그 시각
8시는 이제 오로지 하나의 이름만 가진다
8시는 그의 육체뿐만 아니라 모든 것을 끌고 간다
8시는 그 이름 안에서 고요한 침묵으로 마지막 조문
객을 맞는다
8시의 문을 열고 들어선 사람들은 누구나 8시가 된다
그때 누군가 조용히 흐느끼기도 하겠지만
8시를 움직이게 하지는 못한다
시간은 죽은 자를 끌고 갈 수는 있겠으나
시간을 분절하여 죽음이라고 명명한 건
살아 있는 사람의 일이다 날아가지 않는 시간이란
없다
어제이거나 내일이기도 하고 세상이 되기도 한다
누군가 울지 않는 8시도 없다
아들이며 아버지이기도 했을 여러 생애의 시간을
끌고

8시는 지나갔다

그에게 뻐꾸기의 울음소리를 빼면 한 줌 재만 남을
것이다

이번 생의 도로에서 그의 8시가 견인되었다

혼자 먹는 점심

늦은 점심을 때우려고 식당에 들어섰다가
혼자서는 안 된다며 퇴짜를 맞고
돌아오는 길에 겨울비는 내렸다
우산도 없이 지팡이로 점을 찍고 가는 노인을 따라
시장 골목 국밥집에 앉는다
누군가의 어깨에서 떨어졌을
빗방울 점점점 얼룩진 바닥이 오늘의 내 자리다
수음하듯이 혼자 쓰고, 지워지고 구겨져서
  휴지통에 버려지는 원고 같은 요즈음의 내 근황일
지라도
  마음에 점 하나 찍는 일조차 혼자 하기 싫을 때가 있
는 법이다
  흐려진 안경알을 닦으며 건너편 노인이
  그윽한 눈빛을 건네온다
  그 눈빛이 목에 걸릴 뻔하였다
  그의 점과 나의 점을 이으면 무엇이 되는가
  직선이 되는가, 저녁이 되는가
  점묘파 그림 같은 풍경이 되는가
  돌아보면 나 혼자만 점심을 먹는 게 아니다
  여기에서는 대개 혼자 밥을 먹는 사람들
  두 눈이 젖은 채로 허기가 점지해준

자리를 찾아오는 사람도 있는 것이다
창 밖은 셀 수 없는 빗방울로 붐빈다
행인들의 발밑에 깔리는 저 뭉클한 것들
눈에 밟히는 시간 속에 내가 점을 찍을 자리는
여기뿐이다, 라고 중얼거린다 식은 국물을 삼킨다
입을 벌리고, 바닥이 보일 때까지
우리는 점과 점 사이를 이어주는 가장 가까운 거리
에서
서로의 눈을 적셔가며 혼자서 점심을 먹었다

공중의 임대료

임대아파트에서 그가 몸을 던졌다
공중에 몸을 올려놓고 시간을 그 위에 겹쳐보았다
그러나 시간은 중력에 의해 조금씩 비껴가기 시작
했다

눈이 내려도 눈이 쌓이지 않고
떨어지는 죽음이 적립되지 않는다고
공중의 분양권이 공짜가 아니다

나는 언젠가 절벽 아래에서 죽은 새를 본 적이 있다
공중을 날기 위해 필요한 게 날개뿐이었을까
온 몸을 죄다 공중에 맡기고서야 느끼게 되는
삶의 중력을 다른 새들은 어떻게 비껴갔을까
구름은 또 어떻게 흘러갔을까

지상의 사람들은 절대 모른다는
구름 위에 찍힌 새들의 발자국이 궁금하면
무엇으로 물어보는가, 누구에게 물어보는가

그는 나였으나 나는 내가 아니었다
다만 물음표가 어느 방향으로 휘어지는지 안다

죽기 위해서 떨어진 시간과
살기 위해서 날아간 발자국은
공중의 바닥 쪽이지만
공중의 임대료는 여전히 바닥이 없다

아직도 서정시를 쓰냐고 물으신다면

어떻게 알았는지
운동회 날이나 소풍 가는 날 학교 정문에는
어김없이 플라스틱 장난감 물총이나 풍선을 파는
상인들

가끔 코 묻은 돈으로
구름사탕을 사는 아이들을 보면 나도 모르게
입 안에서 분홍빛 식탐이 흘러나온다

상인들에 의하여 붙여진 이름 중 가장 근사한 건
아무래도 구름사탕, 구름이 몸을 가진다면
빗방울이나 안개가 아니라 사탕이 되는 계절이
깜박할 사이에 지나가버리겠지만
어떻게든 구름의 입맛은 살아남으리라

구름사탕을 먹는 일은
어린 혀끝의 감각을 노랑이나 파랑으로 개봉하는 일
고작 동전 몇 닢으로 사고 팔 수 있는 게
구름사탕의 서정이라고 할지라도
주위는 삽시간에 원색의 물결로 출렁거린다

어찌 그렇게 총천연으로 색감을 맞추어오는지
잡상인 출입금지라는 팻말을 밀쳐두고
슬금슬금 좌판을 벌리는 상인들
여기저기 기웃거리는 아이들
만국기 나부끼는 가을 하늘을 배경으로
한 입씩 소풍 가는 길처럼 물들어가는
날빛의 밑그림

유치무구한 저 한 통속을 보며
나는 입맛 다신다!

비둘기

1
한때는 평화의 상징이라고
초상권 동의를 구하지도 않은 채 사용하던 인간들이
비둘기를 유해조류라고 일방적으로 선포했다
비둘기 사관은 이십일 세기 그날을
비둘기 국치일로 기록했다
그 일이 있은 후
학교에 세 들어 살던 비둘기도 전과 다르게 죽지가
샐쭉해졌다
비둘기통신에 의하여 그들도 전해들은 것 같았다

2
비둘기 집이 있어요
호들갑을 떠는 아이의 말에 이끌려 가본
화장실 이중창 사이에
부러진 나뭇가지와 지푸라기가
둥지를 이루고 있었다

그물에 발가락이 잘려나간 비둘기
발목만으로는 나뭇가지에 앉을 수 없어
평지에 앉을 수밖에 없는 그 장애비둘기는

언젠가 비 오는 처마 밑에서 같이 비를 피한 사이다
불안한 눈길로 나를 바라보지만 피하지 않는 것을
보니
그 안에 알을
품고 있는 모양이다

나는 화장실 창문을 닫지 못하는 숙직기사의 마음을
알 것도 같았다

3
며칠 후 가보니 빈 껍질만 있었다
나는 어린 비둘기의 보송보송한 깃털을 떠올리며
비둘기통신의 주파수에 맞추어 타전을 한다

날아라 이 넓은 하늘 아래에서
비둘기야 모순의 새야 인간의 새가 아닌 새야

비둘기처럼 다정한 사람들이라는 노래에 혹하여
네 발목에 편지를 매달지 말아라
다시는 인간의 그물에 걸리지 말아라

미확인일상

모서리가 접힌 책이 오랫동안 펼쳐지지 않았다
부탄가스 통이 차례로 비워지고
송곳으로 송송 구멍 뚫린 채 재활용함에 담겨졌다
아침나절에는 까치의 감전사고가 있었으나
전기는 금세 복구되었다

메일함에는 수신 확인이 되지 않은 편지가 몇 통
중국의 어느 공항에 미확인물체가 떴다는 기사를
읽는다

잠시 딸이 있는 인도의 낯선 도시가 떠올랐다
달마가 태어났다는 향지국이 근처라고 들었다
내 심장은 왼쪽이고 나는 오른손으로 심장을 만진다
그곳은 왼손으로 뒷물을 하고 오른손으로만 밥을
먹는다고 하니
인도까지 전기가 통할 리는 없을 터이나
혈연과 관계없이 딸의 심장과 지척지간에 있는 관
계가 달마와 나란 생각,
아직도 짚신 한 쪽을 들고 강을 건너가고 있는 사람과
서역의 춤을 추고 있는 사람은 같은 심장을 나눠가
진 사이

갠지스 강은 히말라야에서 발원하였으나
달마의 종적은 끝내 밝혀지지 않았다

오후에는 중학교에 배정받은 막내에게 전화가 왔고
나는 유효기간이 지난 비타민 알약을 먹어치웠다
내가 떠나온 몇몇 도시의 이름 끝에
어제 걸려온 낯선 여자의 목소리가 떠올랐다
언제 우리 만나요, 와 우리가 언제 만나기나 했던가,
사이에서
건기의 음악이 흘러나오고
아무도 쓰지 않은 시를 쓸 수 없으므로
두 번째 우려낸 차가 더 맛있다,는 말에 촛불이 조금
흔들렸다

메일함에는 읽지 않은 편지가 1357통
잊을 만하면 떠오르는 미확인물체 같은

나는 문득 책의 안부가 궁금해지기 시작했다
너무 쉽게 떠나온 도시처럼 책을 덮는 게 아니었을까
내가 확인하지 못한 도시의 거리에서는
여전히 전선을 타고 싱싱한 전기는 흘러가고

고독감으로 가득 찬 사람들이 서로의 입 안으로
답신 없는 사랑의 부음을 흘려보낼 것이다
　나는 수신가능구역을 벗어나 달마의 사원으로 들어간
　딸의 심장에게 왼손과 오른손을 교대해가며 문자를
보낸다

　이제 까치를 묻어주러 갈 일만 남았다
　아무도 확인하지 않는 이 아름답고 끔찍한 일상 같은

나이를 먹는 법

해가 바뀌자 딸아이는 어떡해 어떡해 벌써 스물넷
이야, 라고 호들갑을 떨지만 내가 자주 가는 술집의
주인이 바뀌었는지 내부는 수리중이고 옆집은 인테리
어를 새로 꾸미고 있다 강화마루에 피톤치드 향이 솔
솔 새어나오는 나무벽지가 신선한 숲 속의 방을 아내
는 부러운 듯이 기웃거렸다 사람으로 치자면 환갑진
갑 다 지난 내 차의 연식은 취객의 화풀이 대상이 되
었고 노모는 언제 죽냐,며 웃는다 시간을 아껴서 음력
으로 나이를 먹는 것이 한 겹 더 여유로운 계산법인
데 내 키는 일밀리미터 줄어들었고 그만큼 뱃살이 풍
요로워졌다 빚쟁이에 쫓겨 객사한 친척도 나와 함께
나이를 먹는다 세수歲壽로는 그렇지 않지만 돌아가신
아버지 나이는 스무 살이다 해가 바뀌면 나무는 목숨
을 둥글게 감싸 안는다 그렇다 나이는 돌아가며 둥글
게 먹는 것이다 새참을 먹듯이 이번에는 나는 돌아서
서 나이를 먹을 참이다 한 입의 떡국도 경건하게 먹는
다 이제 해가 백 번 바뀌어도 내 나이는 돌아오는 쉰
세 살 직전이다.

배고픈 외도外道

— 도道를 아십니까?
악수를 청하며 그가 나에게 물어왔다

그의 말투가 너무도 정중해서 하마터면
불쌍한 중생이라는 말이 튀어나올 뻔했다
아침에 도를 들으면 저녁에 죽어도 좋다고 한 공자는
누구에게 점심을 얻어먹고 싶었을까

나는 아침에 나왔으니 아침을 먹지 못했다
여자들은 나보다 한 뼘쯤 높은 위치에 심장을 가지
고 있어서
까치발을 들어도 입술이 닿지 않았다
노자는 평생 독신으로 살았으나
천지를 현빈玄牝으로 삼아 운수雲水의 즐거움을 누
렸다

레테의 강변으로 나를 끌고 가기는 쉬웠으나
나를 먹이는 일은 좀처럼 일어나지 않았다
입술에서 입술로 먹이는 일에 서툰 게 오히려 다행
이었다
저녁을 들지 못해도 아침까지 살아 있었으니까

나는 공자보다 노자에 가까운 편이지만
배고픈 중생으로 죽고 싶지는 않았다
나는 그의 입술에 나의 입술을 대며 속삭였다
— 이 화상아, 밥은 먹고 다니는 거니?

시간의 골목

다시 이 골목에 선다
좀처럼 완성되지 않은 문장을 접어두고
창 밖을 본다 눈이 내린다

비칠비칠 걸어가는 새벽 두 시의 취객
반쯤 혼절한 마음으로도
잊지 않고 찾아갈 수 있는 몸이 내게도 있었나 싶을
정도로
그 사람 발목이 꺾일 때마다 내 몸의 한 쪽이 자꾸
기울어진다
아무리 취해도 잊히지 않는 길이
내 몸 안에서 살아나는 느낌은
선잠에서 깬 아이의 눈동자가 두리번거리며 엄마를
찾는 표정과 같다

그런데 저런!

휴지통에 버려지는 폐지처럼
나무 아래 쭈그리고 앉은
그이의 손가락이 입 안으로 들어가는가 싶더니
반듯하게 펴지지 않은 문장들이 구구절절 빠져나오

고 있다
　더 이상 보는 것은 인간에 대한 예의가 아니다

　나는 아직 문장을 완성하지 못했다
　창 밖은 새벽 두 시에서 세 시로 가는
　눈이 내린다 비칠비칠 걸어간
　그 사람의 발자국이 읽히지 않는다
　새벽에 내리는 눈은 난독증을 심화시킨다
　그러나 관건은 눈이 아니라 몸이다
　이 골목길에서 어디로 가야 할지 모르는 사람은 그
가 아니고 나다

　낯선 생의 눈동자를
　한 번이라도 기웃거려본 사람은
　미끈한 문장보다는 차라리 저 비틀거리는 문장을
믿는 편을
　택한다고 중얼거린다 언젠가는, 누군가는
　한 번쯤 걸어간다는 길과 가보지 않은 길의 차이를
아는 사람은
　이미 자신을 넘어가버린 문장에 목을 매지 않는다

그는 온 몸으로 새벽의 골목길에서 사라져갔다
　강설의 시간 뒷장이 늘 토사물과 발자국으로 질척
거리는 구정물로만 채워지지 않는 것처럼
　눈 내리는 새벽의 문장을
　미완의 예감으로만 채우지 않기로 한다

　나는 나로 시작되지 않고 너로 끝나지 않는 다른 골
목을 생각한다

3부

아무도 모르는 울음 한 장의 배후는

쉰의 문턱에서 환승되지 않는 편도로도 백 년이다

해바라기

해가 키우던 바람을 놓아주자
극지를 지나는 비행기가 항로를 이탈하였다
신천지는 깻잎 한 장 차이로 비껴갔다

팔랑팔랑 날아가서
오로라의 꽃잎에 앉는 나비의 발목이
오차범위 안에서 비긋하였다

날마다 해를 동냥하던 시선 끝이 향하는
지상의 발등이 부어올랐다
지구의 자오선이 약간 기우뚱하였다

바람과 해와 나비 그리고,
지금은 꽃이 피는 시간이라고
이 모든 것을 기록한 블랙박스의 흑점이 촘촘하다

쉰의 유서

생매장 된 짐승이 몇 마리
생떼 같은 울음이 담긴 몇 권의 시집
해바라기를 닮은 시간의 꽃잎도 몇 장
쉰의 문턱에 놓여 있다

쉰이 넘어갈 무렵
누구나 가슴 속에 시린 유서 몇 장쯤은 품는다
쉰을 넘기고도 유서를 쓰듯이 이력서를 쓰는 사람은
생의 백서를 백 권도 더 품었으리라

나는 쉰의 문턱에 걸터앉아
왼손이 모르게 써둔 유서를 떠올린다
후생에게 남겨줄 나뭇잎 몇 장
아버지나 아버지의 아버지의 무덤 몇 기
누구도 알 수 없는 지문 한 장, 낡아가는 한 채의 집
그리고 울새의 울음으로 날인한 표지가 없는 봉투
가 한 장

쉰을 넘어가면 또 무엇이 있을까, 생각해보면
정말이지 외로운 문서, 추억이 시간이
강물이 되고 춤이 되는

텅 빈 충만을 앞으로 누가 읽어줄 것인가

천명을 안다고는 말할 수 없어도
생의 반이 쉰이 아님을 깨닫는다
내 사랑 역시 어제를 매듭짓지 않았으니
과거와 미래가 모두 이제 내 존재 밖에 있다

아무도 모르는 울음 한 장의 배후는
쉰의 문턱에서 환승되지 않는 편도로도 백 년이다

찬란한 착시

빛의 경계를 측량하기 위해서
펄럭이는 날개를 따라가는 일이라면
눈으로 긋는 금보다 눈부신 생이 있을까

숲의 트랙 위에서 나비는 아주 가볍게
나무와 풀이 만드는 눈금을 지나간다
마치 아무 일도 아니라는 듯이
촘촘한 굴광의 그늘로부터 벗어난다

이 가지와 저 날개가 거듭 겹쳐져서
중층으로 띄우는 시간의 눈금들조차
울타리 없는 초지에 이르러선
오랜 동경의 착란이 이토록 찬란하다

저 빛나는 과녁을 향해 초점을 맞추는
마른 화목火木의 망막에 성냥을 긋는다
내 주광성의 목측으로는
가늠할 수 없는 숲과 공터 사이를 더듬거리며
불새 한 마리 날아와 앉는 시간을
황금가지 위에 옮겨 놓는다

암흑의 영지에서
허무가 순금의 경계를 넘어간다면
다만 지금일 뿐
불타오르는 한 채의 눈동자를 박차고
이윽고 새 떼가 수평으로 날개를 펼친다
현세의 착시가 이토록 장엄하다

칠흑으로 빛나는 이 지상의 하늘에서
춤추는 날개보다 찬란한 눈금이 또 어디 있을까

북회귀선

이미 거기에 가 있는 것이 아니라면
내게로 와서 너에게로 돌아가는
녹슨 거울의 유통기한 얼마나 남았을까

돌아볼수록 멀어지는 물방울별
표면장력 밖으로 튕겨져 나간 눈동자는
어느 행성의 북회귀선을 기웃거리고 있을까

너에게는 어느 백야의 은장도가 있어서
태양의 뒤편으로 저물어가는
달의 눈썹을 밀고 있었던 걸까

황도십이궁은 나의 기일을 명시하지만
죽은 자의 생일을 점치는 성좌는
어느 차가운 비석을 비추고 있는 걸까

암연하게 풍화되는 청동의 얼굴 위로
태양은 조금 더 비껴 떨어질 텐데
너에게 돌려줄 여생이 있기는 하는 걸까

절벽의 조감도

부유하는 삶이 일정한 형식을 갖지 못한 채
공간의 표상을 빌려서 길을 찾아야 하는 경우에
시간의 지도는 여지없이 절벽을 가리킨다.
그럴 때 다른 지도를 검색하거나 풍선을 날리는 일은
지리를 모르는 사람들이 흔히 하는 짓이지만
그때의 그들은 조난자라기보다 시간의 여행자에 가
깝다.

절벽의 서식지에서는 어떠한 독도법도 통하지 않
는다.
새를 보라.
세상의 끝에서 날아오르는 새,
그 새를 날리기 위해서
스스로 절벽이 되어야 한다고 하지만
시간을 공간으로 바꾸기를 좋아하는 인간이 하는
말이다.
시간의 차이를 넘어선 절벽의 고도를 모르면
동일한 시점으로 이루어진 높이로만 조감하게 되는
것이다.

발 밑으로는 수천 년 동안 자신을 무너뜨린 파도들,

벼랑 근처에서 머뭇대며 돌아가던 젖은 무릎과
칼바람으로 심장을 베던 흉포한 시간마저
등뼈처럼 직립하는……,

절벽은 스스로 무너지지 않는다는 점에서 세상과
같고,
무너질 땐 온 몸으로 무너진다는 점에서 인간과 같다.
그리고 새는 뼈와 뼈 사이에 날갯짓하는 소리가 팽
팽해질 때를 기다려
자기 몸을 가볍게 공중에 띄운다.
사람들이 풍선을 띄우는 것과 다르지 않으나

새는 절벽과 바다를 지우며 난다, 그 사이를 한 치의
오차도 없이
투신하는 새는 배고픈 미래를 뒤로 하고, 오직 지금
을 거머쥐고 바다 위로
휘이휘이 날아가는 새는, 이미 날아간 날개를 찢어
버리며 나는 거다.
돌아갈 길을 염두에 둔 나약한 인간의 심장은 거들
떠보지도 않는다.

자신이 살아온 길만큼도 돌아갈 곳이 없을 때가 있다.

길 밖에서 아직 태어나지 않은 날개를 꿈꿀 때가 있다.
새가 부러운 절벽이라서
단지 절벽에 선 사람이라서 새를 날리는 것은 아니다.

사람아, 여기에서 길이 갈라졌으니
여행자는 그냥 가던 길을 가면 그뿐인 것.
어젯밤 떨어진 번개를 품은 몸을 두고
어떠한 조난신호도 보내지 말자.
초단파로도 닿을 수 없는 극지로
새가 날아간 건 이미 간밤의 일인지도 모른다.

다만 몸이 절벽 같아서
절벽에서 비상하는 새를 꿈꿀 때가 있어서
절벽에서 새의 눈을 잠시 빌리는 건
점점 확대되는 텅 빈 시간을 날리는 황홀한 슬픔,
 살다가 날다가 터져버린 그 무엇의 결핍도 아닌 풍
선이라고도 해두자.

 절벽의 사인을 한 문장으로 쓰는 건 오직 절벽뿐이다.
 사람은 그가 걸어온 길을 다시 가기 위해서도
 몇 생을 더 절벽 앞에서 돌아서야 하는 것이다.

세한도歲寒圖

추사 고택에서 천 원을 주고 사온 복사본 한 장
바늘에 꽂힌 채 낡은 벽지가 된 지 이십 년
집을 수리하려고 떼어내자
창 밖에서 송풍松風이 불었다

그가 사제의 정으로 발묵했다는 송백의 절개는
길이길이 인구에 회자되는데
수십 년 동안 아무도 찾지 않은 내 고독의 이력으로는
인간의 의리란 참으로 멀고 먼 남의 나라 이야기여서
세한은 송백에서 가장 높은 신선도를 예감한다,고
다음과 같이 쓴 적이 있다

칼바람 은갈치 떼의 입질에도
소나무의 홑잎 같은 송연먹 비늘은 더욱 푸르고
세간의 정리는 인편으로도 천 리 밖이어도
적거의 슬픔은 격랑도 담담한 때를 만나
연지硯池에 떠오르는 묵묵의 현묘를 얻은 것이다
천명을 여의하다 말할 수 없으므로
세속의 인정을 빌어 사의를 드러낸 것
세한의 싱싱한 필선은 고금 또한 유정하다

지절志節을 지즐대는 누항의 운필이면 어때랴
마침내 한 줄기 갈필로 칼칼한 절창인 것을

솔울음을 만나기 전의 일이다
거기에 나의 세한은 없었다
어차피 진본은 나의 차지가 아니니 어떻게 쓰던지
상관은 없겠다마는
비록 모사본일지언정 오늘 나는
송뢰松籟는 나의 세한에서 가장 순수한 밀도를 예감
한다, 라고 고쳐 쓴다

허공으로 뻗은 늙은 소나무의 한 팔마저 베어낸다
묵은 책을 버린다
얼룩진 장판을 거두어내고 창틀마저 떼어낸다
이제 소나무를 지탱하는 힘은 여백도 아니고 푸름
도 아니다

그의 세한도는 그들의 세한이다, 다만 그것으로 버
리는 것이다!
솔바람 끝에 묻어나는 귀맛이 창창하다

집이 헐거워지니 시야가 가벼워진다

공명公明 또한 공명共鳴하느니

후생의 세한에서 나 역시 그렇게 될 운명임을 안다

그런 날의 송백은 나의 비릿한 등뼈를 콱콱 밟고 일
필휘지로 우뚝 설 것이다

장무상망長毋相忘!

얼굴

누군가 돌을 던지고 돌아간
13월의 연못에 두 개의 달이 뜬다.

돌이 섬처럼 떠 있는 얼음 연못은
단 한 줄의 파문도 허락하지 않지만
수면에는 이미 달의 얼굴이 만개했다.
돌이 달빛으로 바뀌는 책력이 전해진 바가 없으니
시간의 표정을 잃어버린 돌멩이는 분화구를 만들고
달의 계곡으로 하강 중이겠다.

아무리 오랜 세월이 흘러도
달의 발자국처럼 다가오는 얼굴.
고요도 비릿한 흉터를 품고 있는,

두 얼굴이 실재인지 의심하지 않기로 한다.
외로움이 결빙의 표정이 되는 극지를 넘어서고 나서야
사람은 비로소 자기 얼굴의 종교가 되는 것이다.

몽유, 먼지의 방

스무 살, 그 나이에도 나는
먼지의 방에서 자고 있었다

빈 소주병처럼 벌어진 입술은
미처 증발하지 못한 헛잠을 향하고
한바탕 먼지가 가라앉은 뒤
반쯤 열린 창으로
누군가 휘파람을 불며 지나갔다

푸른 먼지를 호명하는 노래
한때 그 노래를 받아 적은 적이 있다
노래는 가볍고 쓸쓸하여서
바람 속으로 먼지는 날아가고*

흰 종이 위를 굴러가는 펜 소리가
달의 먼지로 떠오르는 골목
내 몸의 전생이 먼지구름으로 흘러가는 곳
먼지에도 중량이 있어
내려앉는 곳은 늘 내 생의 가장 구석진 자리였다

빈 병목에서 흘러나오는 마른 기침소리를

더듬거리는 내 손목에서 푸르게 돋아나는
먼지의 필적, 일진광풍이 꿈속의 일만은 아니었다

문득 선잠 깨어 헤아리느니
나는 그 방에서 몇 광년이나 떨어진 먼지의 별이었을까

* 그룹 캔사스의 곡 〈Dust in the wind〉.

문신을 지우는 여자

1

물고기 문신을 지우고 있어요, 몇 달 뜸하던 여자에게 날아온 문자,

파란 나비 문신이 보기 좋다, 고 답장을 한 나도 뜬금없기는 마찬가지.

이것은 문신을 두고 주고받은 선문답,
몸에서 몸으로 전해오는?

가령, 여자의 몸을 수놓은 비늘에서 흘러나오는 혼인색을 따라서 싱싱한 물고기들이 수로를 거슬러 올랐다 치자. 열정과 환영은 서로의 대칭임을 증표하는 현란한 색감이어서 무위의 즐거운 몸짓을 멀티오르가즘이 숨겨놓은 다른 이름으로 부를 수도 있을 것이다.

그러나 이름은 숨길 수 있어도 몸은 숨길 수 없는 법,
몸의 비대칭 각도를 먼저 체감하는 쪽은 문신이다.
원래 스스로를 풀어버리는 정액처럼 이내 차가워지는 게 남자의 속성이어서 여자의 문신과는 동일한 체온에서 오래 기거하지 못한다.

깊은 밤 여자는 오래오래 자기 손금을 바라보듯이 떠나는 지느러미 물결의 동선을 읽었겠다, 그래서, 결코 지울 수 없는 문신의 율법을 어기고 여자는 자기 몸의 내분비물을 끝내 지워버리고 싶었겠다?

그러나 이러한 결말은 육감적인 선문답치고는 너무 싱겁다.

2

여자는 서책이 아니라 자신의 몸에 문자를 기록한다.

대부분 연애와 실연이 반복되는 단순한 기록문이지만 가끔씩 해석이 불가능한 비문秘文이 탄생하기도 한다.

이를테면 초경의 풋냄새가 사라지지 않은 채 황홀한 슬픔으로 찢어지는 처녀막의 무늬는 남자가 도저히 알지 못하는 것이다.

그렇다 해도 깊은 바다에 수장되는 최초의 흐느낌을 상상할 수는 있다.

유산의 피비린내가 진동하는 비밀스런 자취방은 이미 나의 것이었다고 말해도 좋다.

빈약한 나의 육감은 자칫 물고기를 보고 바다에 뛰

어들지도 모르겠다.

　내 몸의 내륙에 숨어 있는 푸른 몽고반점을 보여주
면서

　한 살림을 차리자고 졸랐다고 하자.

　하지만 문신은 살림의 비릿한 체위에서 오래 머물
지 못한다.

　이미 그 문신은 내 육감 이전에 사라지고 있었는지
도 모른다.

　문신의 미학에서 마지막 장이 언제나 말끔하게 지
워지는 것은 노출이 은폐에 가려진 다른 이름이기 때
문이다.

　자신의 몸을 돌아보는 여자의 문신은 스스로를 구
속했던 자유이다.

　여자의 비문은 오직 한 남자를 위한 신외별전身外
別傳이었으니 문신을 두고 미끈거리는 몸을 더듬다가
넘어지는 것, 또한 나의 자유일 뿐!

　이쯤에서 여자의 문신을 작파하고 내 몸을 차리자.

3

　나는 여자의 문신에서 빠져나오지 못한 파란 나비
를 본 듯도 하다.

　여자가 몸을 두고 떠보는 비육감적인 수작에 하마
터면 손목이 날아갈 뻔했던, 그러니까 이것은 여자가
보내온 이룰 수 없는 육탈의 서사, 혹은 거미줄같이
섬세한 감각의 촉수에 걸려 파닥이는 파란 나비에 관
한 이야기.

　몇 세기 전, 파란 날개가 파닥이는 꽃잎의 울음소리
를 듣는다. 여자는 사랑이 몸에 새기고 간 비늘을 가
지고 있는 나비물고기, 파란만장한 만다라의 문신을
가진 전생의

검은 새 흰 눈썹 편지

검은 새가 흰 편지를 물고 왔다
봉투에 찍힌 소인을 보니 스무 살의 겨울우체국이
었다

이제 막 처녀비행을 시작하는 나그네 알바트로스는
자신을 길러준 절벽에서 투신하면서 활공을 시작합니
다 투신이야말로 절벽의 속성이니까요 바람에 날아가
지 않기 위하여 모래주머니를 몇 개쯤은 몸 안에 이식
해야 했구요 칼바람에 꺾이지 않는 날개도 이미 거기
에서 준비된 것이지요 여기서 바람을 타고 날면 절벽
에 돌아오기까지 날개는 바다 위에 펼쳐져 있을 거예
요 나에게도 당신은 절벽이었으므로 이 편지가 도착
할 무렵에 나는 이미 바다를 날고 있을 테지만 당신의
상공에서 검은 눈썹 몇 낱쯤은 떨어뜨린 것으로 여겨
주세요 당신의 해안이 길게 휘어진다면 그것은 내 날
개의 동선일 거예요 당신의 절벽으로 돌아온다는 약
속이 부질없다는 거 알고 있지만 만삭의 바람이 불 때
면 절벽에는 늘 당신이 있는 것으로 하겠습니다 꽃잎
의 봉인 대신 촛불을 피워 보냅니다 고전적인 방식을
좋아하는 당신이 어떻게 한다는 거 알고 있습니다만
부디 화상은 입지 마세요 절벽에서라도 당신은 추락

하지 마세요

　우체국 창 밖은 어느새 폭설로 바뀌었다
　누구나 먼 길 떠나기 전에
　걸어온 발자국을 한 번쯤 되돌아보는 것은
　사람들이 자기 자신을 수신자로 지정한 편지를 보
내는 이유와 같다

　검은 새 발자국 위로 먼 훗날의 흰 눈썹 소인이 찍힌
다
　이 편지는 백 년 후에 반송될 것이다

야행성

천둥이 친다 느닷없이
번개는 임의동행 형식으로 찾아왔는데
며칠 전 로드킬 당한 뱀의 성별과 무관하지 않았다

가끔씩 정전되는 이 거리에서
잘못 배달된 우편물이 도착한 집은
비 내리는 밤의 이전에 있고
초인종을 누른 손가락만 공중에서
천둥 치는 밤의 저 편을 가리킨다
밤에 흔히 일어나는 해프닝으로
중성을 거부하는 게 밤의 속성이기 때문이다
그러니 저 손가락을 내 것이 아니라 할 수도 없다

번개가 친다
잠의 사타구니 사이에서
자꾸만 부풀어 오르는 뱀의 머리를 자른다
단두의 거리에서 뱀의 여자가 부활한다
천둥이 연타한다
뱀의 여자는 더욱
강하고 아름답게 미끈거린다

내 눈은 점멸등처럼 깜박거린다
거리와 집들이 뒤죽박죽 섞이는 밤의 체위에서
자처한 통금의 계율
배가 고프면 잠을 자고 잠이 찾아오면 밥을 먹지 않
으려는
나의 시도는 무위로 돌아갔다

문을 연다 머리 잘린 뱀의 여자가 돌아본다
뱀의 여자는 자신이 죽은 곳을 향해 꿈틀거린다
나는 내 머리를 빌려주는 대신
공중의 손가락을 떼어 바닥에 팽개친다
손가락이 가리키는 어두운 밤의 저 편은
비와 천둥의 소리도 끝내 도착하지 못하는 나 이후
의 행성이다

쓰다가 사라진다

지금까지 출판한 세 권의 시집
실패는 아니었으나 팔리지 않았으니
괜히 애꿎은 나무만 축냈다

그렇지만 오늘도 쓴다
내일도 쓸 것이다
성공과 실패로 내 인생을 정의하고 싶지 않아서
쓸데없이, 시간이 남아서 쓰는 것은 아니다

나도 모르는 항구에 놀러온 느낌
밥 먹고 출근하고 사랑하고 이별하고
누구나 사는 일조차 낯선 거리에 선 느낌
맨홀에 빠뜨린 동전을 보면서
어둠 속에 입을 벌리고 우는 느낌

직감적으로 그것을 광야의 시간이라 부를 때
나의 눈 안으로 모래강이 흘러가는 사막이 펼쳐지고
세상에서 제일 긴 뱀은
세상에서 제일 큰 코끼리를 만나고
투쟁하고 임신하고 거인족을 출산하고 성장하는
나무는 하늘까지 가지를 뻗어가고,

끝이 없이, 다시 살기 위해서 쓴다
아빠는 왜 시를 쓰냐고 묻던 딸의 물음에
답했던 이 말을 다시 고쳐 쓴다

지금 내가 쓰는 시는 몰락한 과거의 심장에 뿌리를
두고
지금 내가 쓰는 시는 흘러가는 현재의 대지를 움켜
쥐고
지금 내가 쓰는 시는 부재하는 하늘의 나무를 쓰러
뜨리고

죽음을 향해 가는 늙은 코끼리처럼
누구나 한 번은 걸어가야 하는 사막의 시간에
미답의 발자국 문장을 새길 것이니
없는 그대로 있는 침묵의 성소에서
뼈가 무너지고 살이 썩어가는 소멸의 언어를 꿈꾸고
모래로 흩어지고 먼지바람으로 날아가
마침내 돌아오는 이 풍진 세상에서

지금

나는 다시 살기 위해 쓰는 것이 아니다

누구에게나 과거는 있으나 과거를 다시 살 수는 없는 법

아직 오지 않은 시간을 지금 여기서,

오직 살기 위하여

어딘지 모를 시간을 처음부터 다시 시작하기 위하여 쓴다

하늘에게 빌려온 죽음, 죽음으로부터 태어난 삶에게 힘찬 리듬과 새로운 이미지를 선물해주기 위하여

그 가없는 세계, 해저의 사막 같고 나비의 대륙 같은

침묵이 물결치는 아름다운 눈먼 세상

내가 원하는 것이라기보다 나의 언어가 갈망하는 세상으로

돌아가기 위하여 쓴다

나를 빌려준다 광야의 언어에게 나를 몽땅 내주어도 좋다

내 시는 사막으로 사라지는 별빛의 혼적에 있다

내 시편은 아직 태어나지 않은 백 년 후의 독자, 그 푸른 눈동자 속에 있다

내 시집은 전기 톱날이 들어가지 않은 원시림의 바람 속에 있다

거기서 얼마쯤 누리게 될 평화와 안식을
미리 꿈꾸지는 말자
내 눈 안에 피를 뿌리며 모래강물 속으로 뱀꼬리같이 사라지는 것들을
뒤돌아보며 안타까워하지도 말자
누구나 사진을 보면 자기의 눈을 가장 먼저 찾게 되는 법이나
그 눈동자마저 자신을 넘어선 곳으로 향하는 것
이 세상에 제 정신으로 살지 않는 사람이 어디 있으랴

시간의 불안이나 운명의 슬픔이라는 것이
나를 이끄는 것이 아니라 내가 끝내 도달해야 하는 자유의 의지라는 것을
나의 딸에게, 지금은 존재하지 않는 나의 딸의 딸의 눈에 심장에 조막만한 두 손에
먼지의 별빛 한 줌 건네주기 위해,

그리하여 나는 사라진다, 이 광야에서!

구름의 선착장
— 압해도

여기가 어디냐,고 묻는 당신의 눈에서 길은 산허리
에서 굽어지고 해안으로 펼쳐진다 예정에 없는 당신
의 물음 속엔 은갈치 떼 몰려다니는 소리가 난다 하
지만 마취에서 풀린 눈으로 제 손금을 들여다보듯 다
도해의 어지러운 항로를 온 몸으로 읽고 있는 해질녘
의 구름 선단이 지금 어느 선착장을 지시하는 것인지
는 알 수가 없다 다행히 당신은 지금,을 물어보지 않
았으니 뒤돌아보면 나는 어떤 물음의 때늦은 대답이
고 낯선 장소이기도 하다 그리움이 없는 사람은 압해
도를 보지 못한다* 승선하는 사람들은 모두 팔금도며
안좌도로 떠나가고 있듯이 나와 당신도 여기에서 다
시 오래 된 거기로 흘러갈 것이다 한때 담임했던 아이
의 이름은 생각이 나지 않으나 그의 고향이 다만 여기
라는 것, 언젠가 한 번쯤 와본 것 같은 다정한 회감을
당신의 눈 안에 옮겨 놓는다 그러나 여기는 당신의 낯
선 물음이고 섬마다 피부색이 다른 이역에 도착해 있
으므로 나는 아직 답을 하지 못한다 아주 오랜 시간이
지난 뒤에 나도 어딘가에서 예정에 없는 물음을 흘려
야 하리라 서글프지만 당신과 나의 여기라고 호명할
수 있는 구름의 선착장이 자꾸 해류에 떠밀려 가는 이
번 생을 받아들이기로 한다 다도해의 슬하에서 수평

선이 자기 몸을 지워가고 있다 구름의 항적처럼.

* 노향림의 시집 『그리움이 없는 사람은 압해도를 보지 못하네』

백 년 후의 통점

언 문고리를 만지듯 치이익 타버린 아픔이 달라붙는다면 당신의 손끝은 방금 백 년이라는 통점에 닿은 것이다.

그렇다고 손끝으로 읽은 것을 쉽게 백 년이라고 단정하지 마라. 그냥 얼얼한 아픔을 따라가면 어느 새 발 끝의 요철에도 운명의 손금은 방향을 틀기도 하는 것이어서 어지간해서 문은 안쪽으로 열리지 않는 법이다.

한때 손끝이 가는 대로 점자의 텍스트와 감각에 대한 예의에 관해 논한 적이 있었다. 사랑 외에는 이 두 가지 요건을 충족시키는 대상이 없다는 것을 모를 때의 어리석은 열정은 종종 주먹다짐으로 종결을 짓거나 술집에서 해탈을 맞이하기도 하였다. 이러한 케케묵은 색인들은 모두 백 년의 열병식에서 늘 보던 풍경이다.

하지만 백 년 후라면 이야기가 다르다.
잘 못 맞아 짓이겨지거나 잘려나간 상처 속에서도 기어이 손끝에 붙어사는 환지통幻指痛은 단지 점자로 읽을 수 있는 대상이 빙하의 화석이라서 불멸한 것은 아니다.

통점이 스스로 통점을 찾는 것은 사랑이 끝난 후에 다시 사랑을 찾는다는 모호하고 명료한 진술로는 설명이 되지 않는다.

그러므로 손끝의 감각으로만 백 년 후의 통점을 해독하는 건 미친 짓이다.

그러나 당신의 손끝에서 강물소리가 들린다면 나는 기꺼이 당신의 손끝에서 흘러나오는 강물이 되기도 하는 것, 활어의 지느러미가 푸드득 수면을 흔들어 달빛의 동심원이 당신의 지문으로 되돌아오기도 하는 것, 그러면 잠시 나는 늙은 물고기의 비늘 한 조각에 입술을 대고 통점의 기원에 대해 알아보기도 하는 것이다.

전생에서 설핏 우리가 스쳤을 때 1000분의 1밀리미터 삐끗하던 당신의 발목은 어느 거리에서 절뚝거리고 있을까.

알 수 없는 것을 손끝으로 느끼고, 느낄 수 없는 것

을 말하자면 언제나 문은 당신의 통점 바깥에 있다.

원래 불멸의 통점보다 사라지려는 통점이 더 아픈
법이다.

이것을 읽는 당신의 손이 내 손을 끌고 낯선 정거장
에서 버스를 탄다면 넉넉잡아 그리 말한 백 년으로 가
는 문 하나를 이제 막 통과한 것이다.

4부

불생不生의 시간으로

나는 기록한다

금

한때는 그랬네
땅 위에 금을 그으며
여기 넘어오면 안 돼, 넘어오면 죽는 거야, 하면서
네 편 내 편 서로 금을 밟지 않으려고
금 밖에서 빙글빙글 돌았던 적이 있었네
한때는 나도 그랬네
누군가 금만 그으면
여기에서 저기로 넘어가지 못하는 줄 알았네
그날 밤 나와 너 사이에 그어진 금을
내 새끼손가락은 얼마나 넘어가고 싶어 했던가
한때는 땅 위에 금을 그으며
여기는 내 집이야
순금으로 지은 집이라고 착각한 적도 있었네
나도 너의 금이었을까
넘어가서는 안 되는 국경처럼
머나먼 금기의 이역에서
깃발만 펄럭이고 있었을까
한때는 너와 나 금 밖에서 서성거렸으나
이제는 금 안에서 금 밖을 기웃거리네
지금 저 금 밖에서 우는 사람아
그곳은 금 밖이 아니고 금 안이라네
사람은 누구나 자기의 금 안에서 우는 거라네

버드나무 엽서

1. 전후前後
그냥 보내기도 쉬운 일이 아닌가 보다
아랫도리를 물에 담근 채
실가지를 천사만사 물 위에 늘어뜨린다.
바람은 오지에서 평지에 이르기까지
가닥가닥 휘어진 이야기를 풀어놓지만
아무런 속절없기는 물의 내력과 같아서
거기에서 한 번 더 소용돌이치는 버드나무 물결
여러 계절을 나부끼던 이파리들 투신을 시작하자
그제야 한사코 움켜쥐던 바람을 놓아준다

2. 사정私情
목하日下의 풍랑이래도 다른 세상이 없어서
일엽편주에 띄워 보내니
받아보아라
아무 내용 없다고 흘려보내기 전에

　두 손을 강물에 넣어 가벼움조차 떠받드는 하심下心
이 먼저다

　하류에 이르러서야 평안을 얻은

만파식필萬波息筆의 버들잎 푸른 절명시
보내는 심정 이와 같았다

달의 연가

달의 하루는 지구의 한 달일까
당신 몰래 그려 보죠

보름이 될 무렵
이미 한사리를 이룬 마음은
지구를 넘어가기도 해요

그믐 끝에 걸린 초승달 같은 빗장을 열면
동쪽에서 푸른 반달이 뜨고
서쪽에서 흰 반달이 떠서
북천의 검은 달강으로 흘러가고요

당신이 본 달이 천 개가 넘고
당신을 만난 나만 해도 천 명이 넘었으니
지구와 달의 시간이 썰물처럼 멀어진다고 해도

상관이 없겠죠
내가 당신을 낳고 또 다른
당신이 나를 낳고 산다면
붉은 지구의 그림자에 두 개의 달이 제 얼굴을
스스로 지운다 해도

알고 있죠
우리에겐 이미 천 개의 달이 지나갔으나
황금빛 달의 계곡엔
무량한 달이 하나 남았다는 걸

당신은 얼마나 오래 되었을까
정처 없는 의문이 들 때마다
달의 긴 하루가 지고
거기에선 지구가 뜨죠

기찻길 옆, 머나먼

1
기차만 보면 심장이 뛰는 나의 오랜,
치명적인 버릇은 그곳에서 비롯되었다.

명치끝에서 검은 소실점으로 탄화한,
통리, 기찻길 옆.
갈탄처럼 굴러다니는 아이들에게 김민기의 작은 연
못을 가르치며
방을 얻었던 거기.

연탄가스에 중독되어 혼미한 기억 속에서도
기차가 지나가도 기찻길이 남는 것처럼
통증이 지나가도 여전히 통점은 남는 곳.

지어미가 지아비의 관을 끌고 다니던 검은 거리에
서 보는 태백산 정상에는 만년주목이 정정하다지만
산비탈에 지은 관사에서 각혈하고 있는 사람에게 직
립의 생이란 없었다, 작은 연못에서 발원한 검은 강이
낡은 책력에 굵은 물결선을 그으며 흘러갔다, 아직 병
이 들지 않은 사내들은 맞교대로 갱도와 술집을 드나
들었다, 그것들은 모두 깊은 구멍을 가지고 있어서 외

상장부에는 십구공탄처럼 구멍의 개수로 신용등급이
표시되었다, 여자들이 몸속에 매몰된 갱도를 몇 점쯤
가지고 있다는 것을 어렴풋이 알게 된 곳.

환상통처럼 기차가 지날 때마다 연못이 출렁거리며
갱도가 하나씩 매몰되었다.
환상통처럼 기차가 지날 때마다 죽은 사람의 입 밖
으로 검은 물이 흘러나왔다.

2
통리, 기찻길 옆에서 나는
기차가 불을 켜며 내 몸으로 들어올 때마다
통리가 아닌 곳으로부터 통리가 아닌 곳으로 가고
싶었다.

아이들에게 자연이나 지리를 가르치며 먹고 살았다.
지구와 달의 거리와 석탄이 연탄이 되기까지의 시
간을 가르치다가 지루해지면
은하철도999 노래 따위를 부르기도 하였다.

내 몸 안에 석탄을 쏟아붓고,

기차가 떠난 후 아직 어떤 별에도 도착하지 못했다
고 중얼거리며
　　역두 저탄더미에 누워서 하늘을 보다가
　　기차와 나는 많이 다르구나 생각하기 시작했다.

　　이를테면 내가 없는 곳으로만 기차는 떠나갔다, 부
모도 없고 내가 없는 곳에서만, 나는 힘차게 달리는
기차였고, 아이들의 합창이었고, 오후 다섯 시 선술집
의 막걸리였고, 새벽 두 시 야근을 가는 광부들의 발
자국이었고, 애인 집 담장을 넘는 청년이었고, 통점이
통점을 만나고, 내가 없는 곳에서만,

　　그리움이 통점과 다르지 않았다.

　　기차가 지날 때마다 기찻길처럼 몸이 휘어지다가
　　현실과 환상의 차이에 관한 몇 편의 시를 쓰다가
　　몸속에 나의 구멍을 대신 간직하던 여자에게 이별
을 고했고
　　개마고원이나 사막 혹은 그 어느 곳이라도 다만
　　나는 내가 아닌 곳으로 가고 싶었다.

3

태백산맥을 넘어 영주나 도계로 가는 갈림길, 통리역
안개와 폭설이 자주 길을 지우던 무렵
거리에 사람들이 사라져가고
환승객처럼 바뀌어가던 술집 여자가 오랫동안 바뀌지 않자
기차가 지나가는 연못가에는 아무도 찾아오지 않았다.
나는 나를 놓아 먹였으나
현실은 실현 불가능한 환상의 다른 이름이었다.

통리를 떠나려고 역사에 들어섰을 때
커다란 가방을 양손에 들고 한 남자가 기차에서 내렸다.
기찻길 옆에다 방을 얻겠구나, 생각했으나
남자는 나를 알아보지 못했다.
남자에게 미안하지만 그 남자도 곧 나와 같은 처지가 될 운명이었다.

어디로 갈까, 굳이 역마살이 아니더라도
누구나 한때 들릴 때가 있는 것, 그때는 그랬다.

하나의 선을 긋는다는 것은 점점, 사라진다는 것,
검은 강은 검은 관을 끌면서 지층을 가르고
아이들은 연필에 침을 묻혀가면서 어제와 내일을
가르고
기차를 타고 통리 이전과 이후로 나를 가르면서
그러니까 나는 그때 통리에서 사라지고 있었다.

4
기차가 나를 내려준 곳에서 나는 나를 놓아주었다.
이십 년 동안 나는 내가 아닌 곳으로 가고 내가 아닌
것으로 살았다고 믿었다.
기차와 나의 거리는 지구와 해의 거리보다 멀다고
느꼈다.
나와 통리 사이의 시간은 지하의 갱도에 매몰되었
다고 생각했다.
안개와 폭설 따위는 나의 지도에는 없다고 단언했다.

깊이가 다른 구멍을 찾고
시간이 데려다준 아이들을 가르치며
현실은 환상보다 더욱 환상적이라는 시를 썼다.
그러나 강릉행 밤기차를 떠올리면서 안개의 편지를

쓰는 날들이 늘어갔다.
　부치지 못한 편지가 폭설처럼 쌓여갔다.
　다른 곳으로 이주할 때마다
　무거운 등짐을 메고 기차의 창에 매달려 있던 눈 감은 사람들의 얼굴이 떠올랐다.
　내가 오랜 후의 그 얼굴이 되었다고 생각했을 때
　문득, 눈을 뜨니 통리역에 도착해 있었다.

　기차는 이미 내가 아닌 곳으로 떠난 뒤여서
　아무도 나를 알아보는 사람은 없었다.
　낡은 현판만이 옛날에 여기가 역이었음을 말해주고
　폐쇄된 역사에서
　피곤하고 늙은 얼굴들 사이로
　젊고 쓸쓸한 내 얼굴이 연기처럼 피어올랐다 사라져갔다.

　막차를 놓친 승객처럼 나는 우두커니 서 있었다.

　5
　햇빛에도 녹지 않는 연탄의 잠이 문제였다
　도시의 골목에서 연탄재가 사라지는 대신에

자살한 사람들의 승용차에서 발견되기 시작했다.
그들이 캐내는 석탄이 불씨가 되는 것인지 의심하
는 사람이 늘어나면서
갈탄처럼 굴러다니던 아이들의 얼굴에서
깊은 구멍이 사라진 자리에 카지노가 들어서고
노래 가사처럼 쉽게 썩지 않은 고원도시의 연못이
한강과 낙동강 발원지의 근거로 인용될 뿐이었다.

6
통리, 인제는 기찻길 옆 머나먼
그 어떤 곳으로도 통하지 않는 마을.
더 이상 내 몸에서 막차는 떠나지 않고,
더 이상 아프지 않고,
술집 여자도, 맞교대하던 광부들의 오가는 발자국
소리도
더 이상 늙지 않고,
시간이 남겨두었던 그늘만 얼룩진 역.

여기에 있는 나와 더 멀리 있는 나를 통하게 하던 젊
은 날의 시발역이었고,
나와 여자의 청춘이 두 마리의 뱀처럼 얽혀가는 사

랑과 이별의 환승역이었고,
　지나가는 존재와 시간은 이와 같다는 결론을 내리
는 내 인생론의 종착역이기도 했던
　통리역, 낡아가는 삶에게 그 자리를 내어주고 간이
역의 기능조차 잃어버린
　그런, 그런 통리역,

　더 이상 아이들은 노래를 부르지 않고
　더 이상 아프지 않고
　어느 화석이 된 영혼이라도
　더 이상 기차는 오지 않고
　시간만이 적막의 그림자를 지키고 있는 통리, 역.

　7
　기차만 보면 심장이 뛰는 치명적인
　나의 오랜 버릇은
　새로운 길에 대한 열망 때문이었음을 안다.
　기차와 나의 공통점은
　무쇠의 심장에서 뿜어져 나오는 같은 핏줄을 가진
단단한 짐승이라는 것,
　이 땅에서 나와 기차는 단지 지나가는 리듬이 아니

었다.

　비록 심장이 멈출 때까지 가야만 하는 역마의 운명
일지라도

　기차와 나는 서로를 알아보았으나
　그것을 알아보는 사람을 나는 만나지 못했다.
　단지 기찻길이 달라졌다고 해도 그것은 그 누구의
탓도 아니었다
　떠날 때와 죽을 때 외에는
　누구도 자기의 길로만 가지 못한다.

　여기는 그곳의 머나먼, 기찻길 옆
　사는 게 노역이고 울음이었다고 해도
　비둘기며 무궁화
　새나 꽃잎의 이름을 달고
　기차가 지날 때마다 살고 싶었던 시절이 있었다.

8
　몇 점의 간이역을 옆구리에 거느리고
　기차가 간다.
　중앙선은 아주 힘이 센 그리움을 가지고 있다.

지금도 기억의 한가운데를 가로지르며
기차가 지나는 봉화, 춘양, 철암 역마다
폐광처럼 입을 벌리는 그리움이 있다.
철로변 빈집에서 아무도 알아들을 수 없는 바람이
흘러나온다.
나는 가끔 그 보이지 않는 풍금을 흔들어보고
조금씩 늙어가는 연못 속의 아이들을 노래한다.

기차가 지날 때마다 내 몸속에 매몰된 사람들의
붉은 심장을 감지한 술집 여자가 다시 화장을 한다.
깊은 갱도 속에서 칸델라 불빛을 이마에 단 사람들
이
환한 치열을 흔들며 화차에 실려 나온다.
갈탄을 가득 넣은 난로 위에는
빙하기를 녹이는 양은도시락들이 차곡차곡 쌓여 익
어간다.
석탄기의 어둔 지층에서 연탄 하나씩 꺼내어
불을 피우는 사람들, 가난한 사람들의
순한 숨결처럼 내리는 눈발 속에서
붉은 손바닥을 펴서 곁불이라도 나누어준다.

9
산맥처럼 부은 발등을 끌고
아프고 따뜻한 유대가 그곳을 넘게 했다고 말해야
하리라.
통리 이후에 기껏해야 몇 번의 기차를 갈아탔을 뿐,
내가 아닌 곳에 도착한 것은 아니었다.

이제 노래는 희미해지고
그 동안 세상이 몇 번 바뀌었다.
이제는 없는 것으로 변화를 말해야 하는 때가 된 것
이지만
나와 기차는 서로를 견인하는 힘이었으므로

…… 지금도 아무 망설임 없이 기차는 간다.
무반주 기계음처럼
검은 고요한 소실점을 향해 느리고 단순한 표정으
로

시간이 노래를 만날 때
말하자면 그것이 기차를 움직이게 하는 내적인 리듬
이어서

아직도 내 심장은 레일의 진동만으로도
멀리서 발차하는 기차의 박동을 느낀다.

10
기찻길 옆, 먼 훗날의 아이를 낳으면서
매몰된 구멍을 환상통처럼 간직한 여자는 오직 노
래로만 만날 수 있다.

지금 여기
오직 한사람으로서 나는 아직 어느 곳에도 도착한
것은 아니다.

여기가 아닌 곳에서 기차가 간다.
열린 창마다 내 얼굴을 걸고 다시 간다.

기차는 8시 방향으로 떠나네*

노래에 의하면 7시와 8시 사이에서
여자는 남자를 기다리고
카테리니행 기차가 천 번째 역을 떠날 때도
남자는 8시를 떠나지 못하고

지금도 플랫폼에 앉아 있는
남자는 7시와 8시 사이를 떠돈다
기억은 철로를 구부리고
8시를 떠나 다시 7시를 향해 간다.**
8시는 7시를 목숨처럼 껴안는다.
8시 이전은 노래의 영역이 아니고
8시 5분 전이라도 이별의 영역이 아니고
8시 1분 전이라도 혁명의 영역이 아니고

8시를 떠나기 위해서 8시가 필요한 것은
오직 발차시각뿐이다.
요컨대 이별의 시간이 정각이 아니면 안 된다고 한
다면
그 누구도 11월의 푸른 저녁에 도착할 수 없다.

지구를 한 바퀴 돌아도

8시는 7시로 돌아가지 못하고
혁명의 사선에서 수없이 유산되었던
그들의 이야기는 아직도 7시와 8시 사이에서 되감
기고

지금도 남자는 홀로 역에 남아 있다

그러니까 이 노래는 이별의 방향이 아니라
여자가 8시에 떠난
시간의 방향에 관한 이야기, 나는 이렇게 사족을 달
아둔다.

기차는 8시 방향으로 떠나네.

* 데오도라키스의 곡 「기차는 8시에 떠나네」.
** 신경숙의 소설 「기차는 7시에 떠나네」.

자연장自然葬

자연을 분양받으러 그 집으로 들어갔다
주인은
나무와 꽃과 새가 그려진 화분을 내왔다

꽃은 화무십일홍이며
날아가는 새는 서식지 불명이고
나무가 그 중 제일 오래 가기는 한다지만
요즘은 흔해 빠져서 찾는 이가 점차 줄고 있다고 한다

그리고
세상에 전기가 없어지지 않는 한 영구적일 뿐더러
묘지 유지비용도 저렴하고
추모하기 위해 따로 시간을 정하지 않아도 되며
무엇보다 친환경적 자연장이라는 설명을 곁들이면서
신제품 인터넷 납골당을 권해왔다
하긴 재작년에 죽은 시인의 카페에
아직도 올라오고 있는 신작을 확인한 터라서
저승에서도 시를 발표할 수 있다는 장점도
추가하라고 고개를 끄덕여주는 나를 보고
아내는 소매를 끌었다

— 인터넷 납골당이 무슨 친환경? 다 사기야, 사기!

베이비부머의 끝자락에서 태어나
아파트를 분양받기 위해 저당 잡힌 평생을
0.1평의 자연장지로 이식하는 방식은 서로 다르다
지만
소슬한 한 채의 가묘를 얻는 것 따위는 걱정하지 않
았다

그런데 지난 달 자연장례식장에 다녀온 후
죽음도 미리 분양받아야 하는 시절이 왔음을 알았
다
혹시 자연이 만원일까 봐, 자연으로 돌아가기도 힘
들까 봐
주인에게 슬쩍 물어서 알아본
죽어서도 아름답게 살 수 있는 사람들의
분양 자격은
무주택 기간은 평생
여생은 봉사 기간이라는 서류 증명이 필수라는 것
이었다

아무래도 베란다에서 말라죽어가고 있는 화분에 물
이나 주어야겠다

삼십 년이 지나는 날 아침

어제를 다 결제하지도 못했는데 벌써 삼십 년이다
보란 듯이 떨어지는 나뭇잎 몇 장
나보다 먼저 길바닥에 자리를 잡는다
내가 내려놓을 것은 단 한 장이지만
그리 쉽게 던질 수는 없었던 마지막 잎새

한때는 얇은 종잇날에 손을 벤 적도 있었으나
지금까지 큰 탈 없이 잘 살았으니
스스로 상을 줘도 되겠다 싶은 아침 출근길

살아가면서 내가 제일 잘 하는 일은
아무래도 버리지 못하는 일

호루라기 소리와 아이들의 재잘대는 소리가
이명처럼 울리는 늙은 귀 속으로
새들의 깃털이 쌓인다
이미 앞서 간 사람들의 마른 발자국을
발끝으로 끌어 모아
허술한 신발끈을 고쳐 매고
새삼스럽게 나무의 우듬지를 한 번 올려다본다

그 끝자락에 펼쳐진 하늘까지 손을 뻗어
분필가루같이 흩어지는 나의 풍진을 만져본다
손금처럼 펼쳐진
덧없는 세월도 참 밝게 흘러간다 싶은
그 길을 걸어가면 얼음과 햇빛이 빚어놓은
간빙기의 아이들이 있다

국어와 음악 시간 사이로
아직은 더 가야 한다
어린 나라에서 날아오는 신비한 말과 음표들이
아파리가 넓은 나무를 키우고
바람을 부르고 비와 구름과 더불어
내 생의 마지막 한 장을 가득 비우는 곳

이제 내가 해야 할 것은
전력달리기를 마친 육상선수처럼
골인 지점을 지나 조금 더 가다가
숨을 고르며 때에 맞추어 멈추는 일
나뭇잎처럼
이슬처럼
차가운 공기처럼

투명하게 내가 나를 내려놓는 일

잠을 털며 날아가는 새들이 점자처럼 널린 하늘을 보며
낙엽의 잠을 이고 있는 길바닥에게
가끔씩 미소도 보여주면서

간이역

너무 멀리 갔던 사람들이
한 번쯤은 되돌아와 서보는
떠나온 것들의 뒤안길이다
생의 전경前景을 피해 가끔
나무의자 옆에서 서성이던 사람들
발끝으로 만드는 동심원을
오래 기억하는
간이역에서는 사랑한다, 는 말이
꽃잎의 배경으로 피어도 좋았던 시절이
누구에게나 있었다
먼 길에 소실점으로 맺혀 있던
꽃씨 같은 이름을
간직하고 있다고
거기쯤에서 기적은 울었겠다
나뭇잎을 흔들고 가는 바람의
투명한 그늘 아래
몇 개의 담배꽁초
기립자세로 꽂혀 있는 플랫폼에서
기차는 어디쯤에서 연착했었는지
눈어림해보는 선로의 꽃잎들
색색의 파문에 발목을 적시던

사람들은 풍경으로 다시 떠나고
산들산들 코스모스 간이역은
우리들 생의 등 뒤에서
기다림의 오랜 후경後景으로 남는다

얼음땡

아이들이 그네를 타고 있다.
나란히 앞뒤로 왕복하면서 때론
교차하면서 웃으며 서로
무엇인가를 말하는 듯이 입을 벌렸다 오므린다.
그 사이를 가로지르며
오른쪽에서 왼쪽으로 잠자리가 날아가서
철봉 위에 사뿐히 내려앉는다.

잠자리를 잡으려고 뛰어다니던 아이들
갑자기 멈췄다.
아하, 얼음!
철봉 위에 앉은 잠자리도 얼음!
흔들리던 빈 그네도 얼음!
나와 아이들 사이로 불어오는 바람도 얼음!
개 혓바닥처럼 늘어지던
한여름 대낮의
이 고요한 우주!
잠시 후
잠자리날개처럼 얇은 햇살 한 조각
톡, 얼음의 어깨를 친다.
아하, 땡이구나!

빈 그네가 한 번 흔들리는 사이
아이들과 모든 무위無爲의 사물들을
단 한 호흡에 쥐락펴락하는
빙하기와 해빙기의 무량한 시간.

얼음과 땡
사이.

바람이 읽고 간다

책을 읽다가
밑줄을 그어가며 떠오르는 생각들을 덧붙이다 보면
어느 새 책은 사라지고 글자 사이로 도마뱀의 꼬리
처럼
자꾸 끊어지곤 하던 길들……, 그 막막한 언어의 넓
이가
해석의 깊이를 낳는다고 믿었던 때의 일,
나무에서 떨어지는 물방울, 엄마를 찾는 아이의 울
음소리,
……종소리처럼 새가 날아간다거나
광활한 여백의 배경으로 퍼져가는 상像들이
지금까지 내 독서의 풍경이었다

그 풍경의 근원에는 바람이 있다
바람이 아니면 읽을 수 없는 허무의 돋을새김,
바람이 허물고 가는 풍화의 안쪽을 당신이라고 했

당신에게 가는 길이 없어서, 다만 당신과 나 사이로
그 광야를 배경으로 별처럼 돋아나는 문자를
어루만지고 살았던 이력으로 별과 별 사이를 목측
하는

시력이 생겼던 것인데, 그 사이엔…… 다친 말들처럼
이주해가는 사람들의 영혼이 오독으로 절뚝거리고,
……먼 훗날 바람처럼 날아가는 새가 보이기도,

별에서는 더 이상 음악이 흘러나오지 않는다 해도
시간의 전이를 허락하지 않는 비석이란 없다
어떤 책은 황무지를 배경으로 쓰이는 것이어서
당신의 풍화를 엿보기 위해 황무지를
바람의 배경으로 읽어야 했던 시절도 있었던 것,
모든 배경은 미처 쓰여지지 않은 여백의 다른 이름이어서
모래 위에 그리는 바람의 동선을 어림하는 것만으로도
이미 한 생을 건너간 사람도 있었던 거다

책을 읽는 건
외로운 영혼이 물방울처럼 떨어지는 나무의 잠을 털면서
다른 생으로 이주해가는 누군가의 울음소리에
눈을 맞추는 일, 나와 당신 사이를

불어오는 바람에 생의 한 페이지를 넘기는 일,
……종소리처럼 새를 날려 보내거나
나무처럼 혼자 오래 남아 있는 것이기도

동물의 왕국

나의 태몽은 보잘것없다
비범함, 위대함, 그 흔한 예시에 대한 기대는
곰 한 마리 무덤을 향해 걸어간다던
선친의 태몽 이야기를 들은 후 접었다
곰과 무덤이라니!

돼지 한 마리 집 안으로 들어왔다
이것은 어머니의 태몽
복권이 없었던 시절이었으니
아들을 얻은 것으로 만족해야만 했던
누구나 꿀 수 있는 꿈 이야기다

나는 집에 있을 때 돼지같이 먹고 잠을 잔다
나는 밖으로 나갈 때 곰처럼 어슬렁거리며 무덤을
찾아간다
집과 무덤 사이에 내 인생이 있다
돼지에서 곰으로 곰에서 다시 돼지로
변신을 거듭하면서
누구나 그렇듯이 첫 사냥에 실패하고,
그 대신에 호랑이와 사자 태몽을 가진 아이들을 낳
았다

아이들에게 코끼리 꿈을 주려 했는데
내가 가진 건 집과 무덤밖에 없었으므로
티브이는 케냐의 초원 저기 멀리에서
숲과 강물을 찾아가는 코끼리 떼를 대신 보여준다

말하자면
우리 집은 동물의 왕국의 전편
돼지 아빠와 토끼 엄마와 호랑이 딸과 사자 아들이
인생이라는 대초원을 초식과 육식으로 구분하며
나름대로 서열을 익히고, 떠나야할 때를 생각하며
잡식의 영역 안에서 무리를 지어 살고 있다

초원의 미래를 알기 위해서는 후편을 보아야겠지만
대신 꾸어주는 태몽은 있으나 두 번 꾸는 태몽은 없다
하이에나를 사냥하고 싶었는데
돼지로는 어림도 없고, 곰은 재주만 부릴 뿐이니
내가 맡은 배역은 아니었다
이 바닥에서 살아남기 위해서는 지켜야 하는 규칙
이므로
집과 움직이는 무덤 사이에서
돼지가 되었든, 곰으로 살든

지금 여기에서 각자의 역할에 충실해야 한다
안 된 일이지만 그 누구의 도움도 받을 수 없다

나는 지금 코끼리 무덤을 찾아가는 늙은 곰에 가깝다
나는 여기 집에서 멀리 떨어진 숲과 강물을 지나왔다
강물을 거슬러 오르는 물고기 떼는 거들떠보지도
않는다

강물아, 흐르거라
숲아, 더욱 우거지거라

죽을 때를 알고 떠나는 동물은 집이 가장 그리운 것
이다
코끼리 무덤이 나를 집으로 데려가는 길을 보여줄
것이다

거기에서, 끝내 썩지 않는 코끼리의 어금니보다는
진흙으로 삭아내린 거대한 코끼리의 살이
더 삶과 죽음의 짝에 가깝다는 진실을 알게 되리라
시간의 질서에서 해방된 죽음만큼 신성한 삶은 없다
불멸의 상아 위에 아무도 보지 못한 태몽의 얼굴을

걸어놓고
　곰은 다시 길을 떠날 것이다

　뭐라 말할 수 없는 생전과
　쉽게 정의 내릴 수 없는 사후는
　그러나, 동물의 왕국에서 추방당하는 것이므로
　대초원의 드라마에서는 시간의 적자만이 주인공으
로 발탁된다

　그래서

　전생의 아버지와 이승의 어머니가 점지해준
　집과 무덤의
　전편과 후편은 공통적으로
　돼지와 곰의 새끼들이 짝을 찾아 독립하는 것으로
이야기의 끝을 맺는다

별책부록

별똥별이 떨어진다
저 찬란한 불시착!

우주를 구경거리로 보는 사람들 사이에서
별책을 태생으로 살아가는
나는 운석마저 화폐박물관으로 전이되는
이 별의 은유법이 신기하다

오히려 자해自害의 궤적이
저리도 황홀하다

불생不生의 시간으로
나는 기록한다
커다란 혹성의 바깥에서

검은 쥐는 흰 쥐의 꼬리를 물고

내 몸이 가두고 있던 목숨 하나를 놓아주자
숨구멍에서 흰 쥐가 흘러나왔다

고양이들이 붉은 헛바닥으로 자기의 몸을 핥으며
가늘게 숨을 쉴 때마다 문밖에서
점령군처럼 개들이 어슬렁거렸다

나는 꿈꾸고, 외출하고,
내 몸에 투명한 등불이 켜지자
검은 쥐 한 마리 갈비뼈를 열고,
두 눈을 맹렬하게 반짝거렸다

흰 쥐는 가끔 부러진 이빨을 제 몸 안으로 다시 집어
넣고
꼬리를 물린 채 숨쉬고, 돌아다니고, 흰 눈썹은 떨어
지고,

개와 고양이가 통정했을지도 모르는 세상이 지척이
어서
어느 새 늙은 책상물림의
일평생이 비우지 못한 서랍으로 덜컹거렸다

집과 무덤의 교차로에서
나를 거두어준 목숨 하나가 더듬거리던 내 몸의 내용

나는 누워 자다가 일어나고, 숨을 쉴 때마다
녹슨 적멸보궁이 먼 손끝에서 가볍게 부서졌다

추방자의 사유지私有地

신현락

작품은 독립적인 유기체다. 일단 시를 쓰고 나면 시인은 시의 바깥에 존재한다. 이런 점에서 시인은 작품의 제작자이면서 최초의 독자가 되는 운명을 가진다. 독자가 되어 읽어보고 의미를 추인하고 스스로 강화하면서 미흡한 부분이 눈에 띄면 제작자의 입장으로 되돌아가서 고쳐보기도 한다. 그러나 어떤 작품은 설령 시인일지라도 그것의 내용과 구조를 함부로 고치기 어렵다. 어떻게 보면 작품에 들어 있는 언어의 특성이나 언어의 조직으로 발생되는 의미의 구조가 그것을 거부하는지도 모른다. 꼭 집어넣고 싶은 말이 있는데 작품이 거부하는 것이다. 내가 시를 쓰는 게 아니라 나중에는 시가 나를 쓰고 있다는 자각은 시를 써본 사람이라면 누구나 경험해 보았을 것이다.

그러나 시인이 기어이 고치려고 마음을 먹는다면 불가능하지 않다는 점에서 작품은 불완전한 폐쇄성과 개방성을 동시에 가진다. 또한 완성된 작품은 그 자체로 고유성을 가지지만 다른 작품과 상호관련을 맺는 과정에서 유의미한 변화를 겪는다. 다른 작품에서 사용된 표현 방법, 묘사나 진술, 이미지 등이 유사하거나 너무 차이가 나는 경우, 혹은 중첩될 경우에 시인은 다시 한 번 어떤 작품을 어떻게 고쳐야 할지 숙고할 수밖에 없다.

그렇게 여러 과정을 거쳐 완성된 개별적인 작품을 모아 놓는다고 해서 시집이 되는 것은 아니다. 시인이 보기에 좋아도 시집의 성격에 맞지 않는 작품은 빼야 한다. 어떤 작품은 아무리 넣고 싶어도 넣지 못하는 경우도 있다. 이 글을 쓰는 지금도 나는 이 시집에 꼭 넣어야 할 시 한 편을 생각하고 있다. 그러니까 이 글이 다 끝난다고 해도 시집은 탈고되는 게 아니다.

간신히 여기까지 왔다. 다른 사람의 시도 아니고 내 시를 이야기하기 위해 백지를 마주해야 하는 이 순간. 눈앞이 캄캄하고 환하다. "시인은 상징을 창조하고 비평가는 그것을 해석한다"고 한 코울리지의 말처럼 원래 시집 말미에 붙는 해설은 비평가의 몫이지만 나는 그것조차 내가 하기로 마음을 먹었다. 그러니까 이 시집은 타인의 언어가 단 한 개도 섞이지 않은 온전히 나의 언어로만 이루어진 사유지인 셈이다. 내 시의 시세계를 이해할 수 있는 글이 필요할 수도 있겠다는 생각을 이전 시집을 출판할 때 한 적이 있었다. 이왕 서비스하는 것, 내 시를 독자들이 더 잘 이해할 수 있다면 이런 수고로움 따위야 아무 것도 아니니 조금만 더 힘내자고 지친 몸과 마음을 추슬러 본다. 이쯤에서 눈 밝은 독자라면 이 글이 일반적인 시에 대한 이야기보다는 내 시에 대한 사적인 이야기가 될 것이라는 짐작이 가능하리라.

최초 사유지

집 이야기부터 시작하자. 집. 하나의 낱말뿐이지만 이처럼 많은 의미와 이미지를 거느리는 말을 찾기는 어렵다. 누구에게나 그러하듯이 집은 존재가 생존할 수 있는 터전이자 최초의 사유지다. 세상에서 가장 사적이면서 시적인 공간이다. 존재의 거주지이며 피난처로서 세계로부터 자신을 보호할 수 있는 가장 안전한 장소이다. 밖에서 전쟁을 치르고 온 사람이라도 무장을 해제하고 쉴 수 있는 장소가 집이다. 집에 대한 장소의 체험은 인간의 심리형성에 가장 직접적인 영향을 끼친다. 존재에게 최초의 경험을 제공하는 집은 심리적인 공간을 포함한다. 이때 가족구성원의 관계는 집의 심리적인 공간의 가장 기본적인 요소다. 집은 친족 및 마을 공동체의 관계를 포함하는 고향의 공간으로 의미가 확대된다. 그리하여 집은 한 인간의 정신과 몸을 구성하는 원형적 상징이 된다.

한 번 불탄 집
집 기둥도 숯이 되어버린 옛 집

차마 눈감지 못한 아버지의 전생집
등불 밝혀본 지 오랜 집

ㅡ『따뜻한 물방울』에 실린「그 집」의 일부

나는 어린 시절에 집과 고향을 순식간에 잃어버렸다. 이유를 모른 채 집을 잃고 고향에서 추방당했다. 현실적으로 다시 돌아갈 가능성이 전혀 없는 그 집은 기억 속에서도 불타버렸다. 아무도 살지 않는 빈집이 되어버렸다. '아버지의 전생집', 아버지와 내가 언젠가는 돌아가야 할 근원적인 장소이지만 우리는 돌아갈 곳을 잃었다. 고향의 자연이나 사람들이 갑자기 낯선 타자가 되어버렸다. 우리가 돌아가야 할 원형적 공간, 회귀적 장소로서의 집은 현재와 과거에서도 더 이상 존재하지 않는다. 그곳을 회상하기 위해 내가 옛날하고도 아주 먼 옛날을 떠올려야만 하는 이유이다.

집의 상실과 고향에서의 추방은 내 생의 존재론적 전환-타율적인 의미에서-을 가져왔다. 고향을 떠나온 것은 나의 의지와는 상관없는 일이었으나 어쨌든 내 무의식 깊은 곳에는 고향에서 쫓겨났다는 추방의식이 자리하고 있었다. 그 추방의식은 어떤 언어로도 잘 해명이 되지 않았으니 아버지까지 고향에서 쫓겨난 까닭도 거기에 포함된다. 추방은 익숙하던 장소를 잃어버리는 상실의 경험뿐만 아니라 정든 사람이 갑자기 낯선 타인의 얼굴로 다가오는 공포의 경험을 수반한다.

공포는 자아 앞에 현전하는 강력한 타자의 상징이다. 공포에 사로잡힌 자아는 절대로 앞으로 나아가지 못한다. 그는 돌이 되거나 뒷걸음칠 수밖에 없다. 꿈에서 가위에 눌린 것처럼 참으로 끔찍한 경험이다. 꿈이라면 깨어나면 그만이지만 이것은 외면할 수 없는 눈앞의 현실이다. 내가 사회생활을 하면서 추방을 당하기 전에 스스로 추방을 자처하는 쪽으로 행동이 바뀐 것을 보면 그 경험이 얼마나 강력하게 나를 옥죄고 있었는지 짐작이 간다. 나는 그 세계 앞에서 발가벗긴 채로 뒷걸음치면서 더듬거리고 중얼거리기 시작했다.

내 시의 최초의 사유지인 집과 고향은 부재의 공간이 되었다. 그것은 과거와 현재, 결정적으로 미래에도 존재하지 않는 시간이다. 내 시는 잃어버린 시간과 행복한 기억의 원형을 간직한 공간에서 추방당한 자의 중얼거림과 울음에 그 기원을 가진다. 나는 세상으로 쫓겨나와 오래도록 그곳을 그리워하고 냉혹한 현실을 슬퍼하였다. 설움과 애상에 나의 정서적 발원지가 있으니 내 시는 소월의 시와 같은 샘물을 공유한다. 그러므로 어쩔 수 없이 첫 시집에 실린 내 시들은 슬프다. 그때의 슬픔과 그리움은 날것이어서 표현 또한 미숙하기 짝이 없다. 억지로 울음을 짜내는 아이를 보는 것 같아서 지금은 차마 마주하기도 민망스럽지만 그렇다고 부끄러워하지는 않겠다. 이름붙일 수도 없는 시를 써놓고 흐뭇해하던 풋풋한 시절이 나에게도 있었다.

중얼거림과 이야기

어쩔 수 없이 나는 자주 중얼거리고 가끔씩 운다. 모욕을 당해서 중얼거리고 모욕을 풀기 위해 운다. 무서워서 중얼거리고 무서움에 저항하려고 운다. 중얼거림은 자신을 향한 내면의 독백이고 울음은 외부를 향한 일방적인 선언이다. 울음이 자신을 삼키면 중얼거림이 되고 중얼거림이 자신을 넘어가면 울음이 된다. 둘은 야누스의 얼굴을 가진 한 몸이다. 나도 모르게 발생한다는 점에서 그것은 무의식의 영역에 가깝지만 정확히 말하자면 대상에 대한 자아의 소극적인 저항의 방식이다. 다른 한편으로 중얼거림은 세상에서 모욕당한 나를 견디면서 공포를 회피하기 위해서 나름대로 유용성을 가지고 있고, 울음은 세상에서 상처받은 나를 치유하고 정화하는 데 적합한 방식이라 할 수 있다. 나는 중얼거리면서 나를 위로하는 동시에 세계를 지우고 부정하고, 울음으로써 나를 치유하고 다시 세상을 긍정하고 나아갔다. 중얼거림이 극심해질 때 추방의 징조가 나타나고, 울음이 극성일 때 나와 세계는 화해를 하기도 했다.

추방자의 사유지의 형태에 대해서 이야기해 보자. 나의 중얼거림이 행동으로 나타나는 지점은 나와 내 안의 나, 나와 타인, 나와 세계와의 갈등이 최고조로 이르는 곳이다. 그곳에 이르면 마치 섭씨 100도에 이른 물이 끓지 않으면 안 되듯이 내 마음은 다른 무엇이 되지 않으면 무슨 큰일이 날 것 같은 조급한 광기에 휩싸이게 된다. 나와 다른 무엇이 되고자 하던 그 마음 안에는 늘 다른 무엇이 되고자 하는 나를 방해하는 타인과 세계에 대한 절망과 분노가 공존했다. 그러한 상태가 되면 나는 다른 무엇보다도 타인의 침묵과 내 자신의 침묵이 가장 두려웠다. 타인의 침묵은 소통의 불가능성에 대한 절망과 좌절을 확인시키고 나의 침묵은 중얼거림이 멈추는 곳에서 생성되는 낯선 시간에 대한 두려움을 배가시켰다. 나는 스스로를 유폐하고자 했다. 내가 몸담고 있는 곳에서 추방을 자처하는 게 삶을 지속하기 위한 최선의 방책이었다. 나는 세계에서 사라졌다. 사람들은 잠수를 탔다고 하지만 나는 그것을 자폐라고 불렀고 그것은 방랑과 더불어 추방자가 세계를 사유화하는 일반적인 형태이다.

자폐는 나와 세계와의 분리이다. 자폐의 장소는 정해져 있지 않다. 세계와 격리된 채 살고 있는 곳이 곧 내 자폐의 사유지다. 나에게 자폐의 공간은 골방에 틀어박혀 있는 것과 같은 의미에서의 제한성을 갖지 않는다. 현실적으로 서른 살 이전까지 나는 집/방의 사적인 공간을 소유하지 못했기 때문이다. 세계와의 거리가 극대화되는 공간을 나는 상상한다. 방랑은 자폐의 공간성이 확대된 형태이다. 한 곳에 오래 머물지 않는 것, 사람이나 사물에게 집착하지 않고 떠나고 싶으면 언제든지 떠나는 것, 그것이 자폐의 방랑이다. 내가 고등학교를 자퇴하고, 몇 번의 가출을 하고, 강원도의 오지를 찾아들어가고, 참선을 하기 위해 절을 찾아가고, 오랜 친구를 떠나고, 연애에 실패한 것은 다 그러한 까닭이다. 자폐는 세계에 대한 부정적 인식을 내적으로 심화시키고 방랑은 세계에 대한 비극적 인식을 외적으로 확산한다. 자폐와 방랑이 극에 이르렀을 때, 더 이상 갈 곳이 없을 때, 죽음이나 삶, 둘 중의 한 가지를 선택해야 하는 기로에 선다. 내 시에서 가끔 절벽의 이미지와 오후 4시의 구체적 시간이 출현하는 것은 삶을 지속하기 위하여 시간과 공간을 사유화하는 극단적인 시적 선택이었다.

나의 내면에는 파란 나비가 산다
아름다운 허기에 봉인된 파란 나비
지금은 절벽 위에 홀로 선 때
치명적인 아름다움마저 넘어서야 할 때

자유는 절벽 저쪽 길 밖의 길을 묻는다

　　　　　—『풍경의 모서리, 혹은 그 옆』에 실린「파란 나비」의 일부

　이 시에 나는 자화상이라는 부제를 붙이고 싶었다. 그러나 타자(빠삐용)를 통해 나를 이야기한다는 방식이 아주 마음에 드는 것은 아니어서 포기했다. 절벽은 자폐와 방랑이 극단화된 공간적 이미지다. 한 발 앞으로 내딛기만 하면 죽음이 있고, 한 발 물러서면 삶이 또 거기에 있다. 어떻게 할 것인가. 시는 인생처럼 정답이 있는 게 아니다. 나는 파란 나비에 나를 맡겼다. 영화 속의 빠삐용은 자유를 찾아 절벽에서 바다를 향해 자신을 던졌지만, 나는 나를 대신하여 '아름다운 허기에 봉인된 파란 나비'를 날렸다. 파란 나비는 삶과 죽음 사이에서 가볍게 절벽을 지우며 날고, 나는 다시 돌아서야만 했다. '절벽 저쪽의 길'이 무엇인지 나는 모른다. 다만 거기에 죽음이 아닌 자유가 있기를 소망하면서.

　현실로 돌아온 내 삶에 잠시 평화가 찾아오는 듯했지만 다시 오랫동안 괴롭고 외로운 시간을 보내야만 했다. 결국 이러한 삶도 내가 원하는 삶은 아니었다는 결론에 이르렀다. 나의 중얼거림은 다시 시작되었다. 괴롭고 외롭기 위해 사는 삶이 어디에 있단 말인가. 나는 괴로움에 벗어나고자 내 괴로움의 안팎을 살피기 시작했고 외로웠으므로 내 적소의 바깥에 있는 것들을 기웃거렸다. 어떠한 형태로든 삶을 지속해야 했기에 이 안에 있는 현실과 저 바깥에 있는 현실을 연결할 통로는 가지고 있어야 했다. 나는 내 자신과 타협했다. 산속에 은거하는 사람이라도 모든 것을 자급자족할 수 없는 이

상 가끔 장에 들러 필요한 물건을 사고 다시 산으로 들어가는 생활을 반복하듯이 나는 사유지를 가끔 벗어나기로 했다.

사유지를 벗어나는 지점에 현실은 변함없이 그대로 있었다. 나는 장을 보듯이 거리를 돌아다녔고 사람들이 사는 모습을 구경하고 돌아왔다. 별 다른 목적 없는 이 산보와 같은 방랑은 그 전의 방황처럼 고통스럽지 않았다. 사람살이도 여전하고 세계는 있는 그대로 변화가 없었는데 나는 어느 새 나도 모르는 사이에 중얼거림이 줄어들고 있는 내 자신을 발견하게 되었다. 내 시에서 중얼거림이 나를 부정적으로 표현하는 방식에서 나이기도 하면서 나와 다른 세계의 이야기를 들려주는 방식으로 바뀌는 순간이었다.

옛날이 아주 먼 옛날을 회상하면
이야기가 되거나 울음이 된다

네가 울어
구름의 눈썹 한 장이 넘어가고
죄 많은 이마를 덮은 사내가 죽어가고
먼 길에서 한 그루씩 아이가 쓰러진다

그 원경에서
너무 이르거나 늦은 시간의 차이는 사소한 것이다
어떤 울음은 응답이 되기도 하였다
그리고 지금 너의 침묵은 울음보다 깊다
침묵이 불러올 마지막 언어가 두려운

나는 중얼거리기로 한다

......

내가 죽은 이야기는 있어도 이야기가 죽는 마지막 울음은 없다
그렇게 옛날 뒤에 도래하는 먼 옛날을 읽으며
지금 책상 뒤에서 누군가 울먹거리는 것이다

—「옛날 아주 먼 옛날」의 일부

나는 울기보다는 울음을 삼키는 쪽을 선택했고 중얼거리기보다는 이야기를 들려주기로 했다. 그것은 먼저 '내가 죽은 이야기가 있어야'만 가능한 일이었다. 그것은 나의 이야기이기도 하고 너의 이야기이기도 한 것이었다. 말하자면 중얼거림이 이야기가 된다는 것은 혼자만 알아듣는 말이 아니라 대부분 사람들이 알아들을 수 있는 보편성을 가지게 되었음을 뜻한다. 그러나 여기에서 나는 중얼거림과 이야기의 차이를 명시하지 않겠다. 대부분 나의 중얼거림은 지나간 것이기도 하지만(그것은 나에 대한 것이다) 현재의 것이기도 하고(그것은 독자의 것이기도 하다) 앞으로 다가올 미지의 것(그것은 누구의 것도 아니고 누구의 것이기도 하다)에 해당하는 이야기인 까닭이다. 그 이야기가 울음을 삼킬 때가 되어야 내가 쓴 작품들에게 시라는 이름을 붙일 수 있겠다는 생각을 해본다.

추방자의 시쓰기

나는 위에서 이야기란 말을 썼지만 이야기와 시는 다르다. 이야기에 시적인 요소가 있다고 해서 이야기가 시가 되는 것도 아니고, 시에 이야기적인 요소가 있다고 해서 시가 이야기가 되는 것은 아니다. 그러니까 '어떻게 이야기가 시가 되는가?'라고 묻는 것은 적절하지 못하다. 오히려 '이야기의 도입은 시에 어떠한 도움이 되는가?'라고 묻는 편이 알맞다.

아시다시피 어떤 이야기에도 서사적 구조가 있다. 신화는 모든 이야기의 서사적 구조를 함축하고 있다. 신화의 인물은 기이한 탄생을 하고 버림받거나 죽을 위기에 처해지지만 신이한 존재의 도움을 받아 살아난다. 그는 시련을 겪으면서 성장하는데 생의 위기에서 결정적 존재, 스승이라든지 신비한 존재의 도움을 받아 시련을 극복하고 마침내 영웅이 되거나 신적인 존재로 승화된다. 여기에서 주목할 점은 처음과 중간의 모든 이야기는 신이 되는 미래의 한 순간으로 집중되어 있다는 점이다. 미래에 대한 희망, 다시 말하면 신이 된다는 기대가 없다면 처음과 중간의 사건과 배경은 의미를 잃고 말 것이다. 미래에 대한 기대의 유무에서 신화의 이야기와 내 시의 이야기의 차이가 발생한다.

대부분의 나의 시에는 미지의 것, 다가올 미래에 대한 기대가 없다. 그러므로 내 시에 이야기적인 요소가 있다면 신화적인 과거나 미래에 대한 상징이나 이미지가 없는 불완전한 이야기, 끝이 없는 현재의 이야기, 끝이 처음이 되지 않는 이야기, 중간이 뜯겨져 나가 인물이 사라져버리거나 언제든지 치명적 도약이 가능한 이야기다. 신이 사라져버린 시대,

타락한 세계에서 신성성을 추구하며 사는 숭고하면서도 비극적인 존재의 이야기, 세계와의 대결에서 패배한 후 추방당하는 운명을 가진 존재의 이야기, 세계의 바깥에서 세계를 바라보는 존재의 이야기, 소외된 삶이지만 자신의 운명을 받아들이고 자아의 완성을 향한 초극의 의지를 포기하지 않는 존재의 이야기……. 그리고 끝내 평범한 존재로 죽어가는 이야기. 단편적인 서사의 조각이지만 이런 이야기들은 서정시를 더욱 풍요롭게 한다. 나는 이것을 조각난 신화의 서사라고 부르고 그 중에 하나가 추방의 모티브다. 이러한 서사적 모티브는 서정의 단순성과 일면성을 보완하여 세계와 존재의 관계에 대한 통찰력과 인식의 새로움을 가져다준다.

> 나는 고독과 가장 잘 어울린다
> 시인이 썼는가? 했는데 아니다
> 화성여행의 지원자 중 컴퓨터프로그래머가 쓴 지원동기이다
> 목사, 간호사, 대학생 등 다양한 지원자 중에
> 시인은 없었다
>
> —『히말라야 독수리』에 실린 「편도여행」의 일부

현대인에게 신화는 판타지에 불과한 이야기일지도 모른다. 현대인은 더 이상 기이한 탄생을 하지 않는다. 산부인과 의사의 도움을 받아 병원에서 태어나고, 평범하게 성장하고 시련을 극복하기도 하고 시련에 굴복하기도 하면서 물신의 이데올로기에 세뇌당한 채 사회적 구조 안에서 부속품처럼 살아간다. 신이한 존재의 도움 대신에 보험회사의 기계적이고 수

학적인 설계에 의하여 현실을 담보 당한 채 미래가 설계된다. 세계와의 대결은 원천적으로 차단되어 있다. 타자에 의해 프로그래밍 된 인생을 살다가 죽는다. 한 마디로 자신의 인생에서 추방당한 운명을 지닌 존재가 현대인의 초상이다.

역설적으로 이러한 까닭으로 현대인에게 조각난 신화의 서사일망정 추방의 서사가 더욱 필요하지 않을까. 무엇보다 자신이 추방자임을 깨닫게 되면 세계와 나와의 관계가 불편해지고, 불가피하게 불화가 찾아온다. 익숙하던 삶이 낯설어지고 보이지 않던 별빛이 보이기 시작한다. 자신의 삶에서 자신이 주인이 아니었다는 자각에서 추방의 서사는 시작되는 것이다. 어느 날 화성으로 가는 여행자 명단에 자신의 이름을 올려놓고, 다니던 직장을 그만두고 히말라야를 찾아가는 사람이 있다면 그는 자신만의 추방의 서사를 쓰는 사람이다. 그러므로 추방의 서사는 먼저 세계와의 분리에서부터 출발한다. 추방의 서사에서 왕의 귀환 같은 화려한 미래는 없다. 그것은 돌아올 길이 없는 편도여행처럼 고독한 이야기다.

추방의 경험이 나에게 가르쳐준 것이 있다면 세계와의 조화, 즉 동일성의 맹목성이다. 서정시의 세계관이라 할 수 있는 자아와 세계와의 동일성은 궁극적인 것이다. 인간은 누구나 분열과 대립보다는 조화와 평화의 상태를 꿈꾼다. 뒤집어서 생각해 본다면 그러한 소망의 이면에는 그렇지 않은 현실이 자리하고 있다고 할 수 있다. 그러므로 타락하고 추악한 현실을 외면한 섣부른 동일성의 추구는 오히려 현실을 왜곡하고 자아를 기만할 가능성이 크다. "동일성을 고집하는 자아는 언제나 다른 눈먼 자아와 맹목적으로 싸운다"라고 한

옥타비오 빠스의 글을 읽으면서 내가 왜 그토록 오랜 세월을 과거의 강변에서 백수광부처럼 헤매었는지 깨닫게 되었다. 과거의 세계가 나를 눈을 멀게 한 것이 아니라 내가 미래를 향한 눈을 감고 과거의 망령과 싸우고 있었던 것이다. 이러할 때 문제가 되는 것은 현실이었다.

> 집을 떠난 자들이 흘려보낸 여름이 가고
> 어둠이 온다 물을 먹은 달이 뜨고 울음을 가득 안은
> 저수지를 지나 여름이 가고
> 용서할 수 없는 것들을 용서할 수밖에 없는 여름이 가고
> 나는 이제 죽은 자들만 사는 고향에 간다
> ―『풍경의 모서리, 혹은 그 옆』에 실린「여름의 끝」의 일부

내 시를 본 사람들이 하는 말의 공통점을 들어보면 비현실적-환상성이 강하다는 의미에서-이라는 것인데 이 말은 맞는 것도 아니고 틀린 것도 아니다. 나는 현실을 환상보다 더욱 환상적이라고 생각하는 다소 비현실적인 생각을 가진 현실주의자다. 나를 현실을 모르는 도피주의자, 회의주의자라고 비난한다고 해도 상관하지 않는다. 나는 시에서의 현실성이 사회적 현실을 제재로 하여 현실의 실상 혹은 모순과 부조리를 드러내어 그에 대한 화자의 정서적 반응을 과장하고 현실에 대한 통찰력을 제시하고 미래에 대한 전망을 언급한다고 해서 획득되어지는 것이라고 생각하지 않는다.

김종삼 시인의「민간인」은 우리나라의 분단현실을 다룬 기념비적인 작품이다. 이 작품에서 '전망의 세계, 원근법의 세

계'가 보이지 않는다고 해서 현실성이 없다고 말할 수 있는가. 이 시만큼 분단현실의 비극성과 현장성을 생생하게 보여주는 시를 나는 알지 못한다. 그 시를 보면서 시의 현실성이라는 것이 혹시 있다면 현실의 모순들이 끊임없이 생성되면서 사라지는 지점에서 존재의 모든 내적인 갈등과 원망을 고스란히 담은 채 다시 태어나는 공간적인 형태가 아닐까 생각한 때가 있었다.

나의 두 번째 시집인 『풍경의 모서리, 혹은 그 옆』은 이러한 공간성에 대한 탐구의 결과로 엮은 시집이다. 거기에 나타난 공간은 주로 소외된 공간, 즉 현실의 부정성이 극대화된 공간이며 '죽은 자들만 사는 고향'과 같이 미래에 대한 전망이 닫힌 과거의 장소이다. 거기에 다시 생성되는 현실의 현실성이 있다고는 말하기 어렵다. 그러므로 내 시를 보고 비현실적이라고 하는 것은 현실성이 없다는 점에서 맞지만 부정적 현실이 부정적으로 언급되어 있다는 점에서 보면 맞지 않다.

아마 독자들은 이번 시집에 실린 다음과 같은 시를 보고 비현실적이라고 할지 모르겠다.

퇴계의 편지첩에 눈길을 두다가 그 옆에 나란히 꽂혀 있는 니체를 곁눈으로 스쳐간다 스쳐가는 것만으로도 아픈 근대의 입구에서 추방당한 횔덜린을 오래 생각하던 하이데거는 주역을 읽었음에 틀림없다 거기에 존재는 있으나 역사는 없다 책을 상재한 주인은 나와 저 책을 두고 중간계로 떠났다

한 번도 나는 저 책의 주인이었던 적이 없었으므로 추방을 자청한다 여자는 나와 아버지 사이에서 옷을 벗는다 죽음은 있으나 환생이 없다 는 점에서 닮은 이생의 아버지와 내가 시간의 옷고름을 푸는 여자를 한 장씩 넘기는 것은 허무가 해탈을 부르지 않은 근거이기도 하다 시간은 넘어오는 게 아니므로 오픈북에 대한 화대는 손과 입으로 대신한다

여자는 내 손을 이끌어 입안을 보여준다 혓바닥이 없다 신탁의 내피 를 벗기려면 아버지 혀를 넣어줘야 한다 역사는 속옷을 겹겹이 두른 여 자의 양피지를 벗겨 포르노도서관을 만들었으나 무녀의 자궁에서 다시 시작되는 나의 전생을 기록해주지 않는다 윤회의 관점에서 본다면 오 래된 책은 영면을 도굴당한 미라와 같다는 생각, 이상하게도 나는 후생 이 궁금하지 않았다

—「후생은 상재되지 않는다」의 일부

여기에 그린 내 서재의 풍경이 있는 그대로의 나의 현실이 다. 다만 그것에 대한 경험을 보여주는 방식이 조금 불편하 고 낯설 뿐이다. 익숙한 공간을 시간적으로 낯설게 하는 것 이 내가 시를 쓰는 방법 중의 하나다. 서재에 이러저러한 책 이 있는 것은 목전의 현실이며 거기에 실린 내용 또한 사실 이며 그 책의 주인이 내가 아니라는 점 또한 진실이다. 그 책 에 대한 경험과 전달 방식, 즉 아버지와 내가 여자의 옷을 벗 긴다는 이러한 진술이 조금 낯설게 느껴질지도 모르겠다. 행 간의 여백이 넓은 반면 언어는 촘촘하여 맥락을 파악하기 어 려울 터이지만 여기에 제시된 이미지는 모두 아버지와 나의 미래에 대한 절망. 환생과 후생이 없는 존재자의 존재에 대

한 갈망과 이를 불가능하게 하는 조건들을 제시하기 위해 동원한 것임을 이해한다면 그리 난해하지만은 않을 것이다.

　나는 이 시를 쓸 무렵 아버지 또한 추방을 당한 자가 아니라 추방을 자처한 자라는 생각을 했었다. 그렇다고 단순히 아버지와 동일성에 관한 이야기를 하기 위해서 이 시를 쓴 것은 아니다. 아버지와 나는 이 세상에서 추방당한 채 불구로 살아가는 사람이며 시간이 리듬으로 흘러가지 않는다는 점에서 같지만 불가역적인 과거의 시간을 상징하는 아버지의 후생으로서 나는 아버지에게 변화의 가능성을 의미한다는 점에서 다르다. 나는 아버지로 상징되는 과거의 시간을 바꾸고 싶었다. 과거를 바꾸기 위해서 후생을 욕망하는 것은 미래가 바뀌면 과거에 대한 의식이 바뀔 것이기 때문이다. 그러나 내 시에서 아직 후생은 미래의 이미지로 표상되지 않는다. 나는 아버지에게 변화의 가능성을 가진 존재였지만 나에겐 미래에 대한 가능성조차 '도굴 당한 미라'같이 과거에서만 윤회하는 타자의 영역에 속해 있었던 것이다. 나는 이 시에서 최소한의 미래를 열어두고자 했으나 실패했다. 아버지와의 동일시와 분리라는 내 시의 오랜 과제는 아직 오리무중이다.

달을 돈으로 환산하는 건 인간이지만
인간을 시간으로 옮겨가는 건 달이다

내일, 나, 없을지도 몰라요
나는 아무런 응답을 하지 못한다

그 단순한 메시지는 지구를 한 바퀴 돌아서

그가 없는 내일 그곳에 도착할 것이다

어떤 문장은 일생一生과 일생日生의 차이를 적시하지만

어떤 생은 단지 부재하는 내일을 묵시한다

— 「내일의 묵시록」의 일부

　나에게 '내일'의 이미지는 묵시적이다. 내가 '후생을 궁금
해 하'지 않고 '내일'을 기대하지 않고 자꾸 과거로 되돌아가
려는 것을 문제 삼는 사람들이 있을 것이다. 시비를 건다는
것은 시를 쓴 사람의 입장에서 내 시에 관심을 가져주는 것
이니 좋은 일이다. 시에서 옳고 그른 건 없으니 어떠한 말이
라도 귀담아 들으려 한다. 미래의 부재는 시간과 관련하여
내가 체험한 시적 현실이었다. 시간의 불구적 인식은 나와
타인의 삶을 더욱 황폐하게 만들 수도 있지만 그것이 나의
삶이면서 체험의 내용이고 나는 다만 그것을 썼을 뿐이다.
모리스 블랑쇼가 문학을 '기존의 주체가 가지고 있던 단단한
기반이 무너져 내리고, 존재하던 장소에서 추방되는 경험'으
로 정의했을 때 그것은 나의 시의 본적에 부합한다.

내가 여기에서 듣는 건

펄럭이는 한 폭의 풍설야설風雪夜設이다

— 「풍설의 스토리텔링」의 일부

　나의 글쓰기는 사람들이 허무라고 부를 수도 있는 부재와

침묵의 공간, 추방과 귀환의 접점, 나와 세계가 교차되면서 현실이 환상으로 대체되는 지점, 닫힌 미래와 불구적 과거가 서로의 꼬리를 물고 있는 지점, 방랑과 자폐의 극지에서 발생되고 사라진다. 그것은 일종의 '풍설의 스토리텔링'과 같은 것이다. 풍설風說은 풍설風雪이라는 기원을 가지고 있으나 청자는 듣고 싶은 이야기만 골라 들어도 상관없다. 그것은 떠돌아다니면서 스스로를 무한복제하며 화자의 시점과 내용의 진위가 분명치 않으므로 청자를 구속하지 않는다. 그것은 줄거리가 있으나 플롯이라고 할 수 없는 구조를 가졌으며 처음과 끝이 서로의 꼬리를 물고 있는 우로보로스적인 시간의 이야기다. 어제가 오늘이 되고 내일로 다시 반복되는 탄생과 죽음이 순환되는 이야기이며, 세계의 바깥으로 사라지는 존재의 이야기를 통해 우리의 현재를 돌아보게 만드는 이야기다. 그러할 때 누군가는 풍설의 진원지, 통점의 기원에 입술을 대고 물어보기도 할 것이다.

그러나 내 시는 그의 물음과 같을 뿐이니 대답을 기대하지 않는 편이 좋다. 그럼에도 불구하고 나는 쓴다. 풍설이 끊임없이 재생되기도 하고 새로 생성되기도 하는 것처럼 나의 글쓰기는 세계를 반영하기도 하고 창조하기도 하지만 거기에 머물지 않는다. 나의 글쓰기는 닫힌 공간과 시간의 바깥에서 초월을 불가능케 하는 존재의 결핍을 향해 늘 이야기의 끝을 이어두고 있기 때문이다. 나의 삶이 계속되는 한 나의 글쓰기도 계속 될 것이다. 세계에서 추방당하거나 아름답고 끔찍한 일상의 고락에 지친 존재들에게 먼지의 별빛 한 줌 건네주기 위하여.

흐릿해지는 경계

인간은 모두 낙원에서 추방당한 자일까. 미래에 대한 아무런 기대도 없다면 죽음에 대한 불안은 어떻게 받아들여야 하는가. 단지 과거로 회귀하지 않으면서 이 세상의 사람들은 이 현실의 불모성을 어떻게 견디며 살았던 것일까. 이 모든 것이 결국은 시간의 문제가 아닐까. 그렇다면 시간으로부터 해방되면 더 이상 고통을 겪지 않아도 되는 것일까. 이러한 고민으로 엮은 시집이 2012년에 펴낸 『히말라야 독수리』였다. 시간에 관한 이미지를 중시한 시집이다.

이미지는 상상력과 의식의 산물이다. 상상력이란 사르트르의 말을 빌자면 의식을 사물에 되돌려주는 것이다. 의미의 육화를 위한 정신작용이란 뜻이다. 시를 쓰고자 할 때 나의 관심은 오로지 나의 언어가 발생하는 지점에서 떠오르는 이미지에 집중된다. 시상이 떠오르고 그것이 머릿속에서 일정한 형상을 가지게 될 때까지 나는 기다린다. 아무리 좋은 생각이나 문장이 떠올라도 이미지가 없으면 시를 쓰지 않는다. 상상력이 소용돌이치는 시간을 거쳐 일단 의식에 하나의 이미지라도 출현하게 되면 그 이미지가 나의 생각을 끌고 가기 시작한다. 그런 이미지에 나는 기꺼이 매혹되어 하인처럼 따르고 연인처럼 사랑하며 어루만진다. 이미지가 주는 언어를 끌어 모으고 해체하고 다시 조립해보기도 한다. 이미지의 상상적 공간을 최대한 확대하여 다른 이미지와 결합시키고 전이시켜 보기도 한다. 여기에서 나는 특히 시간과 공간의 유한성과 무한성, 고정성과 변화성을 동시에 가지고 있는 이미지에 마음이 끌렸다.

호모사피엔스가 출현한 3만5천 년의 시간은 화석이 모래로 전이하는 데 충분한 풍량이어서 학자들이 사막의 발원지를 추정하는 근거로 들기도 하지만 밤마다 모래가 바다에 빠져 죽는 이유를 설명하지는 못한다 3만5천 년 후, 그 자리는 소금사막의 발원지가 되었다.

모래의 여자는 정갈한 소금으로 밥상을 차리고 바람을 기다린다 사막에서 바람을 많이 먹은 종들은 종종 변이를 일으키는데 그들이 사랑을 할 때는 서로의 입안에 소금을 조금씩 흘려보낸다 사랑을 구하기 위해서 남자들이 여자를 찾아오는 건 소금에 중독된 까닭이다

　　　……

사랑을 많이 가진 남자의 입안을 들여다보면 소금바다가 출렁거린다 그들은 죽어서도 썩지 않는 사랑을 찾아 흰 뼈만 남은 몸으로 사막을 노 저어 간다 모래의 여자가 가시나무로 소금을 찍어 인간의 간을 맞추는 것은 이 세상으로 사막이 번져오는 이치와 다르지 않다.

　　　　　　　　　　—『히말라야 독수리』에 실린 「소금사막」의 일부

나는 시간이 지워지는 어떠한 공간, 시간으로부터 해방된 공간을 상상하기 시작했고 먼 여행 끝에 소금사막에 도착했다. 그러자 그 상상적 공간은 많은 사물들을 불러오기 시작했고 그들은 각각 나름대로 이야기를 하기 시작했다. 나는 그 이야기의 근원적인 구조가 무엇인지 생각하다가 사랑의 서사를 떠올렸다. 사랑의 얼개로 그들의 이야기를 엮어나가자 사막에 파도가 치고 모래를 노 저어가는 남자들이 떠오르

고 그들을 기다리는 여자가 현전하였다. 그리고 그 모든 이미지들이 광막한 공간에서 동시적으로 떠올랐다가 흘러가기 시작했다. 내 시의 상상적 공간에서 한 번도 출현한 적이 없는 기이한 시간과 공간이 눈앞에 생생하게 나타났다. 나는 그 공간이 주는 황홀경에 한동안 눈이 멀었었다.

소금사막의 이미지는 내 시의 사유지에서 극히 이례적으로 출현했다. 내 사유思惟의 극지에 있는 소금사막은 얼핏 보기에 매우 먼 곳에 있는 것으로 보인다. 그러나 추방자의 영토라는 관점에서 보면 그곳은 어떤 특수한 공간이 아니다. 나는 이 작품을 통하여 남자와 여자, 만남과 이별, 정주와 유목, 생성과 소멸, 어둠과 밝음, 결핍과 충만, 고정과 변화가 그 자체로 존재의 조건이자 실상이라는 것을 보여주려고 했다. 소금사막은 추방자만이 거주하는 특수한 사유지가 아니라 삶의 실상을 간직하고 있는 보편적인 공간이기도 하고, 우리가 살고 있는 이 세계의 일상적 공간이 소금사막과 같은 환상적 공간일 수도 있겠다는 생각을 했다. 여기에 이를 즈음 나는 비로소 내 시의 좁은 사유지를 벗어나 세계로 귀환하는 방법을 어렴풋이 알게 되었다.

시간의 문제는 존재론적이면서 역사적인 문제이다. 단순히 시적 표현 방법의 문제에 국한하지 않는다. 나는 과거, 현재, 미래라는 순차적인 흐름을 부정하고 자아와 세계가 대립되고 분열되어 있는 현실을 현재의 상상적 공간 속에 동시적으로 구현하려는 시작 태도를 가지고 있는 모더니즘의 주관적 시간관에 일정 부분 동의를 한다. 그러나 거기에는 생성하는 시간이 없다. 인간의 역사적 시간이 사라지고 개인적이며 주관적인 경험의 시간만 남는 문제가 발생한다. 그 주관적 시간은 소멸을 향하는 경향이 강하다. 그렇게 창조된 시적 시간도 의미가 없지 않으나 거기에 타자의 세계가 들어설 여지는 별로 없다. 오히려 상상적 공간이 경험적 시간의 변화와 차이를 그대로 드러내면서(시간의 통시성을 잃지 않으면서) 그것으로부터 자유로운 장소, 움직이거나 전이되는 시간과 공간의 다양한 존재의 양상, 심지어 부재의 양상까지 포함해야 자아와 세계와의 역동적 관계 설정이 가능하다는 생각을 한다.

타자가 부재의 공간 저편에서 낯선 시간으로 다가오고 내가 그것을 변증법적으로 받아들이는 지점에서 소멸이 아닌 새로운 시간이 생성된다. 그 시간은 불가능의 가능성이다. 그것을 가능케 하는 건 관계에 대한 깨달음과 초월의 의지다. 시간과 나, 나와 세계에 대한 깨달음은 시간에 앞선다. 시간을 따라가는 건 깨달음이 아니다. 만약 시간을 체험하면서 깨닫는 것이라면 우리는 존재의 가장 커다란 사건, 즉 죽음 앞에서 영원히 소외된 존재로 남아 있을 수밖에 없다. 깨달음은 시간 앞에 현전하고 초월의 의지는 나의 앞에 현전한다. 타자가 나에게 온 것이 아니다. 두려움을 넘어 내가 너에게 간 것이다. 존재의 치명적인 도약은 이미 이루어진 것이다. 바로 그곳에서 동시적으로 파편처럼 흩어진 시간은 다양한 갈래에서 본래의 고유성을 회복하고 통시적인 흐름을 시작한다. 시간이 흘러가서 역사가 되는 게 아니라 타자 쪽으로 흐르는 시간은 본질적으로 역사적인 것이다. 그러니까 시간은 타자와의 관계에서 생성되고 진화하는 생명체다.

시는 이러한 관계의 그물망에서 태어나고 움직이고 사라지는 세계내적인 존재의 삶, 생명성을 포착한다. 인간의 삶은 시간의 역동적인 흐름에서 생명성을 보장 받으며 시는 시간의 생성과 소멸의 과정에 참여하는 삶에서 역사성을 얻는다. ……. 이쯤에서 생각을 멈추자. 시와 역사의 이야기를 여기서 할 겨를이 없다. 내 시는 아직 여기에 미치지 못한다. 다만 내 시의 위치를 말하자면 신화와 역사, 추방과 귀환의 경계선, 부근에 있다는 정도로 정리할 수 있겠다.

이제 시간을 지울 수 있다는 것이 착각이었음을 알겠다. 다만 공간이 흐릿해질 뿐이다. 어찌 보면 이것이 공간의 실상이면서 시간의 속성이기도 했다. 나는 허황된 소망, 즉 시간으로부터의 해방을 포기한다. 문제는 시간이 아니고 불구의 인식을 가지고 있는 나였다. "미래가 이미지를 가지지 못할 때 과거는 불구가 된다"고 한 오르테가 이 가세트의 말은 내 시의 맹목에 해당되는 것이기도 했다. 유한한 존재인 내가 미래와 긍정적인 관계를 맺는 가장 좋은 방법은 무엇일까. 나의 의지와 상관없이 거기에 있는, 혹은 없는 시간과 나는 어떤 관계를 맺어야 할까. 나를 버리면 과거를 구속하지 않으면서 현재를 미래에 개방하는 문이 열리고 그때 시간은 너에게로 흐를까. 이러한 탐구의 결과로 꾸며진 네 번째 시집에서 나는 시간과 관계된 현실의 다양한 양상 안에서 현전하는 공간에 대한 구체적인 경험을 추방자의 관점으로 재구성하여 보여주고자 했다.

한 사람을 오래 바라보면 눈이 먼다

심연의 기억은 매혹적인 위험에 노출되어 있다
설원이 허물어지고
만지면 사라지는 눈꽃 같은
계절은 그 세계의 내부를 지나고 있다

이것은 불구의 시각을 끌고
약속 미정인 장소에서 만난 황홀한 옛 이야기다
—「화이트아웃」의 일부

내가 너라고 하는 타자와 세계를 만날 수 있었던 것은 눈이 멀었기 때문이다. 사물의 현상을 보는 눈이 먼 대신에 '심연의 기억'을 만질 수 있는 감각을 얻는다. 심안이 열렸으므로 나는 일상적인 시간이 지속되는 공간 안에서 너, 내 안의 타자이면서 영원한 우리와의 만남이 가능하게 된다. 그러나 너는 여전히 만지면 사라지는 눈꽃 같은 신기루이자 영원한 타인이고 시간은 여전히 미래에서 과거로 흘러간다. 나는 더 이상 너를 만나려고 나로부터, 세계로부터 끊임없이 도망치지 않아도 되었지만 관계의 저편으로 너는 사라지고 거기에 남는 건 다만 '황홀한 옛 이야기'뿐이다. 그러나 역설적으로 보자면 황홀한 옛 이야기를 통해서 너와 나의 만남이 가능한 것이기에 그 장소가 '약속 미정'이라고 해도 그 관계는 더 이상 불구의 과거에 발목이 잡히지 않으리라는 점만은 분명하다.

이 시집을 엮으면서 깨달은 것은 나는 지금도 옛 이야기를 하는 사람이라는 점이다. 나는 아직 너는 존재의 결핍이 아니라 근거이며 내 시는 너라고 하는 타자가 육화된 세계라고 말하지 못한다. 하지만 추방의 경험을 통하여 언젠간 도래할 그 순간, 이미 와서 지나갔을지도 모르는 순간을 다시 살 수도 있을 것이라는 예감을 갖게 되었다. 이제 나와 너의 경계는 점차 흐릿해졌다. 원경으로 멀어졌다. 비록 착시일망정 이제 나는 조금 자유로워졌다.

지금까지 내 사유지私有地에 관한 사유思惟의 지도를 추방의 경험을 중심으로 계열화하여 간략하게 펼쳐 보았다. 내 시의 지도에는 아직 허무의 그림자가 짙다. 밖에서 보면 내용도 없고 깊이도 없다고 볼 수 있겠다. 그러나 원래 허무는 깊이가 없는 것이다. 혹시 깊이가 있다면 리듬과 이미지의 사이로 빠져나가는 사유의 틈과 여기와 저기, 이곳과 저곳, 나와 너 사이에서 끊임없이 중심을 옮겨가는 공간의 균열에 비롯된 것일지도 모르겠다. 그 공간의 균열이 부재하면서 존재하는 경계의 어디쯤에 나의 시는 서 있다. 현실은 아직도 고통스럽고 미래는 불확실하지만 그래도 삶을 지속시켜야 한다는 생각에는 변함이 없다.

문득 중이 제 머리를 깎을 수 없다는 옛말을 떠올린다. 내 시집의 해설을 내가 쓰는 게 적절한 행위인지 알 수 없으나 이러한 행위가 독이 든 성배를 마신 것과 다르지 않음을 모르지 않는다. 의도의 오류도 있을 것이다. 독자의 자유로운 감상과 해석의 지평을 차단하고 축소한 면도 없지 않을 것이다. 내가 선택했으니 모든 책임은 나에게 있다. 이제 추방자의 사유지는 세상으로 등기이전 되었고 공유지가 되었다. 여기에 나의 것이라 할 만한 것이 이제 없다. 앞으로 무엇을 할 것인가. 단테는 그의 고향인 피렌체에서 추방당한 19년

동안 망명생활을 하면서 『신곡』을 완성했다. 다산은 그의 저작의 대부분을 강진 유배시절에 썼고, 추사는 제주도 유배시절에 「세한도」를 그렸다. 내 사유의 종착지 역시 여기는 아닐 것이다.

마무리 하자. 내가 좋아하는 이야기 하나. 속가시절의 혜능선사가 듣고 단번에 깨우쳤다는 유래가 흥미로웠던 금강경의 한 구절, "머무는 곳 없이 마음을 낸다應無所住而生起心"는 말. 이 말을 들은 지 삼십 년도 훨씬 지난 지금에 이르러서 나는 알았다. 원래 마음이 머무는 시간이 없고, 마음이 머무는 공간 또한 없다. 설사 있다고 해도 틀리다고 말할 수 없다. 그냥 마음이 그런 것이다. 그러니 여기에 들어오는 이여! 자유롭게 머물다 지나가시라. 나에겐 나도 떠나고, 너도 떠나서 축제와 같은 삶의 환희와 죽음과 같은 고독의 심연을 만날 일이 남아 있다. 언제 만나게 될지, 어디에서 만나게 될지 여전히 '약속 미정'이다.

현대시세계 시인선 058

그리고 어떤 묘비는
나비의 죽음만을 기록한다

지은이_ 신현락
기획위원_ 고영·박후기
펴낸이_ 조현석
펴낸곳_ 북인
디자인_ 김왕기

1판 1쇄_ 2015년 05월 30일

출판등록번호_ 313-2004-000111
주소_ 121-842 서울 마포구 서교동 467-4, 301호
전화_ 02-323-7767
팩스_ 02-323-7845
ISBN 978-89-97150-98-4   02810